神々の癒やし

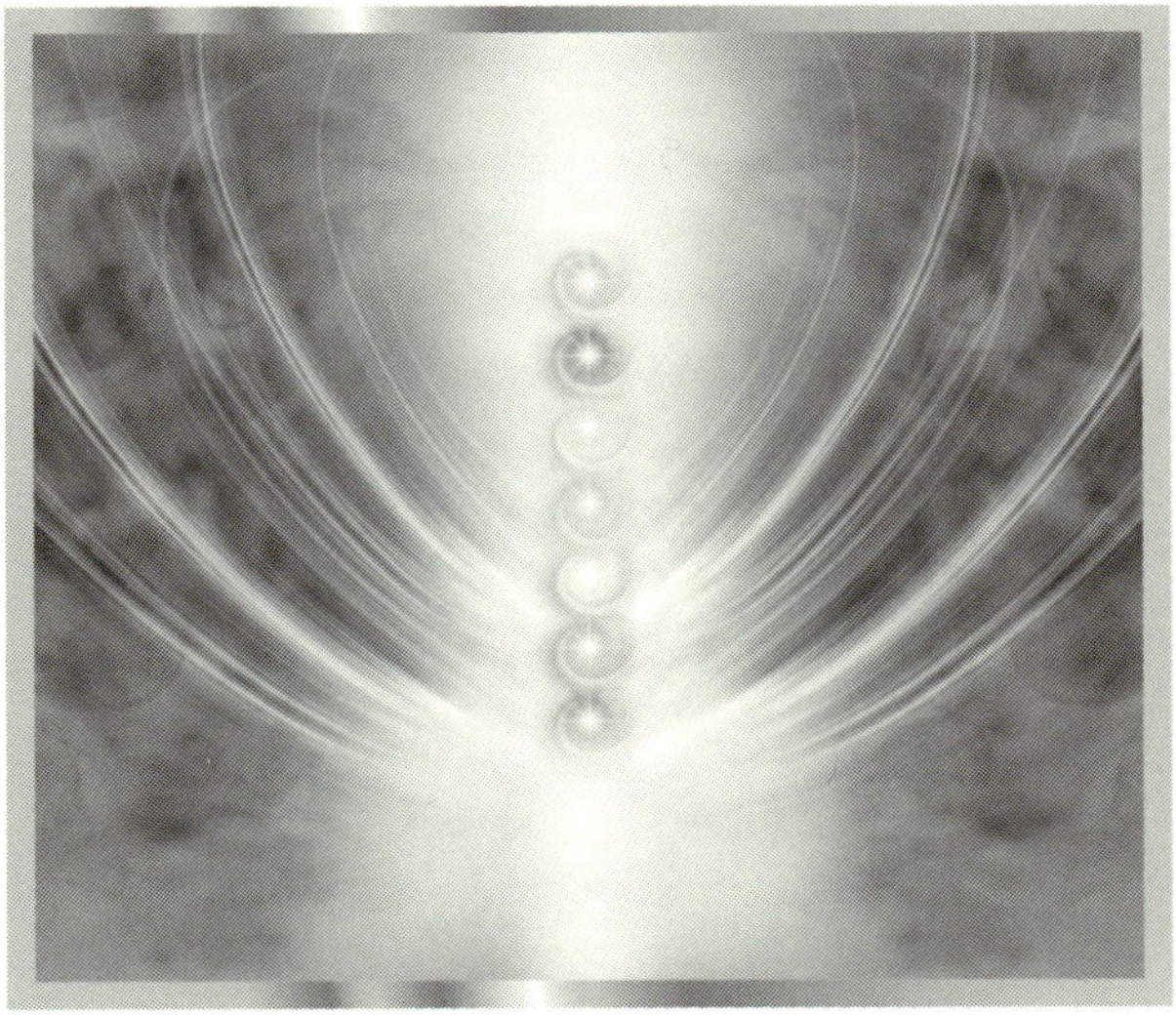

Kuniyoshi Ikeda
池田邦吉

明窓出版

謝辞

明窓出版 前社長 故増本利博様へ
生前、私の本をたくさん出版していただきありがとうございました。

「神霊界のことを書いた本は売れないよ」とよく私に話していた増本社長が、私の原稿に関しては取り上げて本にしてくれました。何か不思議なことです。

増本社長の御魂は大国主命様で、私の守護神も大国主命様で、そもそも私を明窓出版に案内していったのが大国主命様でした。

「その原稿、ワシの出版社から出す」と大国主命様が言った。

「他の出版社には送るな！」と神。明窓出版のことを「ワシの出版社」と大国主命が言う。

それで守護神の言う通りに実行し続けた。

増本社長は神霊界のことをよく御存知で、私の原稿の中で「少々違う」部分をよく訂正させられた。ごまかしが利《き》かなかった。そのことで大変びっくりしたものである。

亡くなって三日目に小倉の我が家に来て、一日中、接待係を受け負った時、二人で初めて酒を呑んだ。お互いに忙しすぎた。これまで二人で食事をしたことが無かった。次々に私が作る和食の料理を非常に喜んで食べてくれました。私の料理をすごく気に入ってくれたようで、12月31日と正月にも大国主命様といっしょに我が家に遊びにきてくれました。

本著、第二章「生と死とを見つめて」というタイトルは増本社長の提案にもとづいて書いた。死んでもまだ編集に関わっている人だ。

「僕は死んでないよ。肉体が無くなっただけのことだ」と増本社長は言う。それはその通りだが。今は次の人生設計のために神業に集中しているのだそうである。

ありがとう　ございます。

はじめに

今年5月31日に、東京の池袋で2年ぶりの講演会を企画した。東京へ出発する直前、旅仕度をしている最中に東京から電話が入った。女性だった。その方が誰であるか私は知らなかった。

「私、フィーリングの申し込みをしている者ですが……」と言ったので、その後の彼女の言葉を遮って私は言った。

「フィーリングではなくヒーリングです」と。

「エッ、何ですって！　フィーリングでしょ」と彼女。

「違います。ヒーリングです」とまた私は繰り返して言った。

「私、フィーリングのことは知ってますが、ヒーリングって何のことか分かりません」と彼女。

「あなたに私を招介した人がいるんでしょ。その方はヒーリングのことを知っているはずですからその方に尋ねなさい」と私は言って電話を切ってしまった。彼女の用件を聞くことを忘れてしまった。

ヒーリングは英語でＨｅａｌｉｎｇでその意味は「治療」である。語源はＨｅａｌｔｈ、つまり「健康」である。ヒーリングとは「病気の人を元の健康体に戻すことを言い、肉体的、精神的に健康にすることをいう」。

そのヒーリング手法は「波動修正」であり、「チャクラ・ヒーリング」であり、「霊気ヒーリング」とも言われている。

人は皆誰でもオーラを持っている。オーラは波動である。病気をしている人のオーラは歪んでいるのでその歪みを元の形に修正すると病気が治る。又、チャクラが壊れている人も病気を持っている。チャクラを正しい形に修正すると病気が治る。

前世の傷が元で病気を抱えている人もヒーリングの手法で治すことができる。これを前世療法という。前世療法もヒーラーの仕事に含まれている。前世ではなく今生の過去、例えば幼少のころに傷ついてしまった心が原因で発症している病気は過去生ヒーリングによって治せる。ヒーラーの仕事は多岐にわたっている。従ってヒーラーは医者ではない。

「フィーリング云々……」と電話してきた女性は元々私の読者ではなかった。フィーリングは英語でFeeling、つまり「感覚」のことで語源はFeelである。この人私より三才年下であると、後に分かった。英語教育は私より長かったはずであるが。

この人をヒーリングしたら「精神体」、つまりメンタル体のオーラが壊れていることが分かった。メンタル体のオーラは体の表面から20センチほど外側に伸びている。手翳しによってそのオーラを治したらその方の「感覚」が正常になった。


東京での仕事を終わって小倉に戻り、次のヒーリング会場となる北海道行きの準備をしていると、その北海道から電話が入った。この人は予めヒーリングを申し込んでいた。

「先生、ヒーリングっていうのは以前、フィリピンで流行っていた神霊治療のことですね」

と言う。

「違います。原始的マジシャンのトリックではありません。現代の一般的医師が行う療法でもなく、波動修正のことです。私の本をお会いする当日までにきちんと読んできて下さい。もし読んで来てない場合はその場でヒーリングすることをお断りします」と私は言って電話を切ってしまった。彼女の用件を聞くことを忘れてしまった。

今年初頭に八大龍王が私に、

「誰であれ、ヒーリングを申し込んで来た人にはヒーリングしてあげろ」と言った。

「そうはいかない。私の読者に対してだけヒーリングすべきだ」と私は八大龍王に反駁《はんばく》した。

「お前の考え方は間違っている」と八大。

「どこが？」と私。この議論は延々数ヶ月続いていた。ある日、私は八大龍王の言ったことを実行してみようと思った。つまり私の読者でない人のヒーリングを受け付け、その結果を観察しようと考えた。東京在住のフィーリング女性と北海道の「フィリピンの話」の人のヒーリングを受け付けたのである。

東京と北海道のヒーリングを終わって一段落した7月4日（土曜日）に私は八大龍王に尋ねた。

「右の二つのヒーリング実例について」である。八大龍王の答は、

「自分が間違っていた」と。そこで、誰でもヒーリングを受け付けるということは「よくない」との結論に至った。

「私の本の読者でない限り、ヒーリングを受け付けない」とする私の八大龍王に対する主

張は、つまり、

「神様の存在を考えていない人たちのヒーリングをしない」という意味である。それはヒーリングは私が行なっているのではなく、神霊界の見えざる存在たちが行なっているからである。そのことが理解できない人のヒーリングはしても無駄だ。

「神に対する感謝の気持が湧いてこない人はヒーリングしても治らない」ということが分かってきたので初めからヒーリングをお断りした方が良いということなのである。多くの患者の難病に取り組んで来た結果、治った人は皆、自分の守護神が祭られている神社に参拝し、感謝の言葉を神に言っている人たちだった。

２０１５年７月25日記　　池田邦吉

目次

第一章　ヒーリングの新局面

一ノ一　先天性小児麻痺

２０１５年３月18日、昼過ぎ、１通のＦＡＸが我が家に届いた。差出人は拙著の20年来の女性読者である。仮にＮ姉としておく。ここで「姉」と書くのは私よりずっと年上というくらいの意味だ。血縁関係はない。東京は渋谷区の広尾に住んでいる。Ｎ姉の紹介文によると、「この娘は足が不自由ですが他は普通の生活ができます。８ヶ月の未熟児で生まれました。１才を過ぎてもつかまり立ちができなかったので、おかしいとその娘の母親が思い、病院に連れて行ったところ、先天性小児麻痺と言われました。先生、よろしく御検討下さいませ」と書かれていた。この患者は名古屋市に住んでいる。東京のＮ姉は名古屋の友人の娘さんのことを心配していたのである。ＦＡＸに書かれている名古屋の娘さんの住所と生年月日を大国主命様に連絡すると、この娘の守護神が底筒之男神《そこつつのおのかみ》と分かった。そこでさっそく私は底筒之男神に名古屋の娘さんのヒーリングをしても良いかどうかお伺いした。

「頼むよ」と神は一言。そこで私は東京のＮ姉に電話した。Ｎ姉は私の返答を待っていた。

「治せるかどうか分かりません。小児麻痺の患者さんのヒーリングをしたことがありません。ですがヒーリングしてみる価値はありますね」と私は言った。

ここで患者さんの守護神にヒーリングの許可をいただいたことについて。仮に患者の守護神が「NO」と言った場合は神界のヒーラーたちの協力が得られず、私の力だけでは患者の病状を治せないのである。現に、底筒之男神は私がN姉に電話をしている真最中にしなつひこの神のヒーリングチームのところに行って、ヒーリングの相談を開始している。しなつひこの神とは伊勢の別宮に祀られている創造主の一員で、人間を創造した神である。このしなつひこの神は「全宇宙で一番のヒーラー」で、傘下に神界のヒーラーたちがチームを作っている。そのチームとの連携プレーによって人間側のヒーラー（私のこと）がヒーリングすることになる。

底筒之男神は海底の岩盤を司る神で国《くに》之《の》床《とこ》立《たち》地神《ちのかみ》の分神。中筒《なかつつ》之《の》男神《おのかみ》と上筒《うわつつ》之《の》男神《おのかみ》は兄弟神で、この三神は大阪の住吉大社《すみよしたいしゃ》の祭神である。大社とは本社の意味で全国にある住吉神社はその支社にあたる。

「筒」は包むという意味で地球深部のマントルを包み込む岩盤のことである。上筒は陸地の意味、中筒は海底の岩盤と陸地との中間に存在する岩盤のことである。今からおよそ

30億9千万年前にこの三兄弟神は誕生している。

国之床立地神が普段、時間的に最も長く居るところは住吉大社なのだそうで、その理由は「人々が最も多く参拝する」からだと言う。国之床立地神はいつも筒之神三兄弟といっしょに居るということである。その国之床立地神は太陽系、あるいは地球を創った神である。つまり太陽が生まれるよりずっと前に存在していた創造主の一員である。

3月19日朝、N姉が再びFAXを送ってきた。

「5月31日の池袋での先生の講演会に名古屋の母娘を出席させ、その翌日にヒーリングするという案はどうでしょうか」と。私はすぐに同意の電話を彼女にした。しかし心の奥で「もっと早くに名古屋に行ってヒーリングを開始すべき」と思っていた。というのは、東京へ行く前に大阪でのヒーリングを企画していたのである。しかし、その大阪でのヒーリングデーがいつになるのか決めかねていた。大阪でのヒーリングが一段落したら、大阪から名古屋に行こうと考えた。全国に先天性小児麻痺の人々がたくさん居ることを私は知っており、そのヒーリングがどのようにあるべきか興味を持っていた。ヒーリングする以前の問題として足の悪い患者を名古屋から東京に呼ぶという案はいかがなものかという私の思いは4月13日までに決定的になった。

大阪のヒーリングデーは5月16日の土曜日と翌日の日曜日の二日間に限定され、5月18日の月曜日にはヒーリングの希望者が現れなかった。この傾向は5月の連休が明けた後も変わることがなかった。そこで私はN姉と名古屋とに連絡し、東京でヒーリングするのではなく、私の方から名古屋に出向くことを提案した。その日は5月18日（月曜日）であると。後にこの日はN姉の最初のFAXの日からちょうど2ヶ月目にあたっていたことを知った。

底筒之男神としなつひこヒーリングチームは5月の連休明けまでに患者の様子を徹底的に調べ、私にヒーリングの仕方を連絡してきた。その情報によると、患者は脳梁《のうりょう》が未発達のまま生まれてしまい、その後も発達しなかったと言う。私はしなつひこの神に「私の心配事」についてお伺いした。

「名古屋の娘さん、オーラの第5層にある人体設計図に問題があるか」と。

「問題は無い。従って適切なヒーリングパワーを頭部に入れるだけで良い。後はヒーリングチームが脳梁の神経を完成させる」と神は答えた。

脳梁は左右脳の機能を結びつける役割を司どっており、左右脳が接する脳の中央部の深い所に有る。右脳と左脳とはそれぞれ別の機能を持っており、左右の脳から入ってくる情報を一つに統合する役割が脳梁にはある。

しなつひこの神の言葉に私は大いに勇気づけられた。「これならいける」と。

5月18日の一週間前に娘さんをヒーリングする神界のヒーラーは若風志多生神《わかかざしたおのかみ》と決まった。多生神と私とはヒーリングの手順について詳細な打ち合わせを行なった。何しろ小児麻痺の患者をヒーリングすることは初めてのため、緊張感が全身に漲《みなぎ》った。

5月18日、私は大阪のホテルに妻の由美を残して一人で名古屋に向かった。由美は前日までの二日間にわたるヒーリングに立ち会って少々疲労ぎみだった。名古屋での待ち合わせ時間は午後1時30分、場所は名古屋のステーションビルの15階にあるロビーである。このビル、14階まで商店街、レストラン街になっている。

待ち合わせの時間より少し早めにそのロビーに入った。娘さんと父親とが座っているソファにまっすぐ向かった。初対面でお互に顔を知らないのに。

「こんにちわ、池田です」と私は二人に声をかけた。しばらくして、娘さんの母親がロビーに現れた。母親はＪＲ名古屋駅の近くで花屋を営んでいた。ホテルにチェックインする時間までロビーにある喫茶店でお茶を飲むことになった。娘さんが座っているソファと喫茶店の入口までかなり距離がある。通常の人には何でもない距離であるが。娘さんの歩き方は極めて異常である。左足を軸として右足を反時計廻りに右外側へ投げ出した後にその足を前方へと運ぶ。その時、腰は大きく左右に動く。後ろから見ているとモンローウォークのようだ。一歩前進するたびに上体は左右に大きく揺れる。誰が見ても身体障害者だ。

四人が喫茶店の座席に座った。その直後、私は娘さんの頭部に手を翳してみた。左右の脳は健全であった。真上、第7チャクラの上部に手を翳すと、確かな手答を感じた。そのまましばらく彼女の頭上に手を置いてみた。やがて注文したコーヒーが来たので、私は自分の席に座った。その時、多生神《たおのかみ》が娘さんの後に廻って神経を作り始めた。ヒーリングというより神霊手術がすでに始まったのである。多生神が神霊手術をしている間、私はゆっくりとコーヒーをいただいた。何故か娘さんはじーっと動かない。多生神とはティア・ウーバ星人のタオさんのことである。

お茶の時間を終わって、一行はチェックインの手続に入った。患者である娘さんが率先してカウンターに向かって歩いた。私はその姿を後ろからじーっと見ていた。

部屋に入って、私はヒーリングの手順を簡単に説明した。そして本格的にヒーリングを開始した。お父さんが興味深そうに私の動きを見ている。予め多生神と打ち合わせしていた通り、第一回目のヒーリングを終了した。それは30分ほどかかった。そのまま娘さんにはベッドに横になっていただいた。私のヒーリングの次は多生神の仕事になる。その間に父親のヒーリングに取りかかった。部屋はツインルームを指定しておいた。二つのベッドを利用して二人のヒーリングをするのである。父親の守護神は宗像大社《むなかたたいしゃ》の三女神の内の市杵島姫神《いちきしまひめのかみ》である。この日、ヒーリングは市杵島姫神が直々に行なった。娘さんのヒーリングの話が持ち上った時、市杵島姫神が我が家に直接来て、その娘の父親をヒーリングするよう、私に指示していたのである。

父親のヒーリングを開始して5分位たった時に多生神が私に言った。

「終った」と。何が終ったのか理解できなかった私は多生神に言った。

「次の段取りにかかれということですか」と。これは予め打ち合わせしておいたこの日の二回目のヒーリングのことである。

「そうではなくて、脳が完成した」と多生神は言った。そこで、

「ゆっくり、ゆっくり体を起こして下さい」と私は娘さんに呼びかけた。

「脳性麻痺が治りましたと神様が言ってるよ」と私。父親のヒーリングを一通り済ませた私は、再び娘さんのベッドに行って、今度は足のヒーリングに入った。足が正常な形になっ

ていないからである。彼女は30年間にわたり不自然な歩行をしていたので足の骨格が歪んでいた。骨格をあるべき姿に戻そうというヒーリング技術である。

一ノ二　骨格を治すヒーリング

「骨は無機質の物質ではない。カルシュウムや他の金属類を多く含んでいる細胞の連なりである。骨の細胞は4年に一度、全てが入れ替る。従ってほっといても自分の意識だけで骨格を本来の姿に戻すことができる。しかし、今日は夜遅くまでヒーリングに時間がかかるはずと思っていたんですが、意外に早く脳が完成したので、残りの時間で、できるだけ骨格を元の正しい形にするヒーリングをします」と私は娘さんに言った。そして娘さんの踝《くるぶし》に両手を当ててヒーリングパワーをいっぱい注いだ。次に足首が正常な形になるように力を入れた。これを何度となく繰り返すたびに足首は少しずつ正常な位置に戻りつつあった。

「靴を履《は》いて立って下さい」と私は言った。次に部屋の中を少し歩かせた。歩行訓練を始めたのである。見ていた父親がびっくりしている。

「以前より上体の揺れ方が小さくなっている」と。

娘さんをベッドに腰かけさせて踝《くるぶし》にヒーリングパワーを入れ、骨格を少し動かす。次に歩行させる。これを何回か繰り返している内に歩き方がスムーズになっていく。母親が部屋に入ってきて、びっくり仰天している。声を出せない。

「小児麻痺は治りましたし、足首は時間の問題はあるにせよ、治ります」と私は言って帰り仕度を始めた。日はまだ高い位置にあった。日が暮れない内に大阪に戻れそうである。

「5月31日の東京講演会には参加しなくてもいいです。教室が小さくて座る場所もなくなるでしょう。わざわざ名古屋から東京へ来て私の話を聞くのはいかがなものかと思う」と私は御家族に言って、名古屋を後にした。

ブレナン博士の『光の手　上・下』を読むよりずっと以前から私は骨格を正しい位置に修正するヒーリングを得意としていた。例えば側湾である。

背骨の両側にある筋肉にヒーリングパワーを当てて、筋肉の緊張感を緩める。次に背骨の一つずつにヒーリングパワーを入れる。最後に両手で腰骨を持って少し力を入れる。すると背骨全体が真直に治る。患者は無痛である。それどころか背中の筋肉にヒーリングパワーを入れ始まると、患者は眠ってしまう。その間に側湾が治っている。

脊柱管狭窄症《せきちゅうかんきょうさくしょう》も同じ原理で多くの患者を治してきた。この脊柱管狭窄症については第三章五節に詳述する。こういう経緯があったので名古屋の娘さんの足の歪みもいずれ治ると確信していた。


大阪での仕事を終って帰宅した２日後、東京のＮ姉からＦＡＸが入った。

「名古屋の娘さん、お一人で5月31日の東京講演会に出席するとのこと、きっと先生の話を聞いてみたいのでしょう」と。足がまだ正常になっていないはずなのに名古屋から東京へたった一人で来る、その痛々しい姿を思い浮かべると「来てくれなくてもいいのに」と思った。


２０１５年5月31日（日曜日）私は東京の池袋で講演会を開催した。丸二年ぶりの東京訪問だった。この二年間、関西地区でのヒーリングに追われ、東京の読者に会う機会を失なっていた。この日の参加者は私の古くからの読者で、また、加速学園の旧メンバーでもある人たちが中心になった。その加速学園は２００１年12月に関英男博士の他界と共に閉園した。

それは今から14年も前のことだったから、その分、かつての加速学園メンバーもかなり高齢者になっている。しかしそれも「生き残っているわずかな人たち」だけのことである。

この日、私と由美とは北九州空港を午前9時に離陸した。飛行機はスターフライヤーという北九州市を本拠地に置く航空会社で東京出張時はいつもこの機を使っている。離陸した後、しばらくして名古屋の熱田神宮上空に達した時、眼下にJR名古屋駅が見えた。その時、足の悪い一人の若い女性が新幹線に乗ろうとしていると感じた。たった一人の旅行だが底筒之男神がその娘を護衛していると分かった。

「先に会場に行って準備してますので午後1時ちょっと前にその娘を届けて下さい」と私は底筒之男神にテレパシー送信した。

機は午前10時30分に羽田に着陸。着陸のショックは由美の頭部にダメージを与えるほどには無く、私と由美とはすぐに羽田を出て電車で池袋に向かった。

池袋には午前11時30分に到着。北九州からの移動時間は2時間30分であった。新幹線で大阪へ行くより早い！　開演にはまだ充分な時間があり、少し早めの昼食を摂った。

午後0時30分に私と由美とは会場となる「東京芸術劇場」1階のロビーに入った。そこで最初に出会った人は富山市から来た女性だった。この方は旧加速学園のメンバーで関博士御健在の頃は富山市から夜行バスで東京に来ていたが、今は新幹線が開通している。この日はその新幹線で東京入りしていた。

２００８年５月にバーバラ・アン・ブレナン博士が東京の有明、ＴＦＴビルで講演会をした時も私と由美たちといっしょに博士の話を聞き、又、副学長だったカヘア・モーガン女史のヒーリング実技も見学したこの富山の読者は、ヒーリングの何たるかを熟知していた。その人が今回は私にヒーリングの依頼をしてきた。

「年をとって、体のアチコチが痛んでいるから」というのがその理由だった。背が丸まっていて、元々小さかった姿がどこにでもいる「お婆さん」のように見えた。私よりずっと若いにもかかわらず。骨格が変形してきていた。ヒーリングは６月１日（月曜日）朝９時30分からと予め決まっていた。この方の御魂は瀬《せ》織《おり》津《つ》姫神《ひめのかみ》という川の神。水《みつ》発《は》の女神様の妹にあたる。創造主の一員である。見た目と魂とは大いに違う。そういうものである。

０時45分少し前に千葉県船橋市のＪ子が現れた。彼女はさっそく受付に鍵を受け取りに行った。Ｊ子は前著の51頁以下に登場している人物である。今年２月末に私はＪ子にこの会場の手配を頼んだ。ここの会議室は３ヶ月前に利用者が決まってしまう。池袋駅前の建物とあってすこぶる立地条件が良い。

Ｊ子の夫のヒーリングが６月２日（火曜日）午前11時からと予め決まっていた。Ｊ子の御魂はいざな気の神、その夫はいざな実の神で男女の神が、それぞれ別の性になっているケースである。これは決して珍しいことではない。見た目で魂のことは分からないものなのである。

会議室の鍵を先頭に四人はエレベーターに乗り込んだ。四人が小教室に入ると同時に五〜六人の女性集団がそこに入ってきた。中にN姉がいた。

「名古屋の娘さんは?」と私。

「彼女、一人でここへ来るといってたわ」とN姉。そこへ、まさしく名古屋から娘さんが一人到着した。

「まあー。前に見た時より、ずっと歩き方が良くなってる。上体が揺れてないわー」とN姉は言った。私は受付を由美とJ子に頼んで名古屋の娘さんを一番前の席に座らせた。同時に靴を脱がせ、踝《くるぶし》にヒーリングパワーを注ぎ込んだ。次に足を正しい位置にくるように修正のため、力を入れた。つまり名古屋における骨の修正作業を東京の講演会場でいきなり再開したのである。講演会が始まる直前と小休止の間に、私はこの作業を繰り返した。いつの間にか、教室は参加者で満席となりさらに椅子が足りなくなっていた。そこへ椅子をどこからともなく運んできた女性がいた。明窓出版の社長で麻生真澄女史である。名古屋から来た娘さんのヒーリングをしていて、社長の来場に気づかなかった。読者は私が誤記をしていると思うかもしれない。明窓出版の社長は増本利博のはずと。

２０１４年11月28日に増本社長は神界に戻った。その時のことは第二章四節に書く。この第二章のタイトルは増本前社長の発案である。２０１５年初頭に明窓出版の社長は前の編集長だった麻生真澄が就任していた。麻生真澄は増本利博前社長の娘である。一人娘だった。麻生真澄は彼女が考え出したペンネームである。10数年前、初めて明窓出版を訪れた時にその説明を受けていた。それで開演に際し以上の話をまずもって参加者に告げた。

異例づくめの講演会がこうして始まった。

参加者はいきなり、「先天性小児麻痺」がヒーリングという手法で治せること、骨の異常も治せることを知らされたのである。

「ヒーリング」という手法があることを知っている人でも、

「うちの子は生まれつきの病だから、ヒーリングでも治らない」とかってに決めつけ、私にヒーリングを依頼して来た人は一人も居なかった。又、小児麻痺の人たちは私の本を読まないか、又は読めない。従って患者自身が私にヒーリングを依頼してくることは無い。その一方、私の方から小児麻痺の人々に、

「ヒーリングという手法で治せますよ」と声をかけることができない。彼らはヒーリングのことを知らないのであるから。

N姉の問い合わせが無かったら、私はこの症状についてヒーリングの機会は無かったし、名古屋の娘さんも生涯を小児麻痺のままで生きていかなくてはならなかったはずである。N姉が20年来、私とつき合ってくれていて私を信頼してくれていたお陰で小児麻痺の患者に出会うことができた。

一ノ三　白山姫神

この章の初めから登場しているN姉の魂は白山姫神である。その白山姫神様について拙著『神様がいるぞ！』の64頁以下に書いた。白山姫神は私の幼少期から私の近くにいつもいた。私の今生において60年という長いお付き合いになっている。大国主命は私の守護神であるが、別の意味で白山姫神は私のことを隅々まで知っている。水発《みつは》の女神は白山姫神の妹神である。

長い人生の内には、ほんの偶然のでき事によって、人間と神との関係ができ上ってしまうことがある。白山姫神と私との関係はその偶然が支配した。

本社は石川県白山市三宮町にある白山姫神社で、支社は日本全国津々浦々にある。東京では文京区白山一丁目、都営三田線「白山駅」のすぐそばに白山神社がある。

N姉としてあるNは氏名の頭文字である。

芸能界でこの方を知らない人はいないと思われる有名人である。周囲の人々はNお姉ちゃんと呼んでいるので拙著でN姉と仮名を考えた。

1997年4月のオスカー・マゴッチ講演会の時にN姉は真近でマゴッチを見、話を聞いている。O・マゴッチは明窓出版刊『宇宙船操縦記』の著者である。その講演会では私が総合司会者を勤めていた。

5月31日の東京講演会お知らせを関東近辺の読者に送り終った頃、3月半ばに私は東京のN姉に電話した。

「あなたの守護神は白山姫神ですよ」と。

N姉は大変びっくりしていたが、すぐに気を取りなおして東京の白山神社を調べた。3月

22日（日曜日）昼頃、彼女は文京区の白山神社に参拝している。

彼女はどこといって体の悪い所はないのに6月1日午後にヒーリングを予約していた。

31日の講演会参加者の中に山本光輝先生がいた。合気道師範で7段という最高位の段位を持っている他、書画家として有名な方である。著書に『いろは呼吸書法』がある。いろは48文字ばかり書いている人だ。氏は加速学園に通ってきていた人でもある。その当時、私は山本先生に、

「先生の魂は阿遅鉏高日子根神《あじすきたかひこねのかみ》です」と申し上げた。山本先生はきょとんとして、

「そのアジ何とかという神は何のことですか」と言った。

あじすきたかひこねの神は別名、迦毛大御神《かものおおみかみ》とも言う。奈良県の迦毛という地にその神社があるからである。京都の下鴨神社とは関係がない。他にも別名があり、一言主命《ひとことぬしのみこと》とも言う。この神の親神は大那牟遅神《おおなむちのかみ》といい又の名を大物主神と言う。大国主命の兄弟神である。あじすきたかひこねの神の本社は奈良県御所《ごしょ》市鴨神にある高鴨神社である。この一風変わった神名について講演会で解説をした。

あ……言葉のはじまりの音
じ……詞（ことばという意味）
す……大元とか巣の意味
き……気、息の気
たか……顕、あらわすの意
ひこ……エネルギーを固めるの意
ね……根、根本という意

つまり、あじすきたかひこねとは、言葉の音を作った大元の神という意味で50音を作った神のことである。

我々が普段使っているひらがなは奈良朝以後に皇室の女官たちが漢字を母体として作った文字である。あじすきたかひこねの神は言葉の音を作った神であって文字を作った神ではないと講演会で私は解説しておいた。

神は紙に付かない。人に付く。

このセリフは居合わせた神々に大いに受けた。

加速学園が閉園した翌年から何故か癌患者のヒーリングを頼まれることが多くなっていた。私の行動を察した山本先生が私に言った。

「池田さんね～。病気になったら、近くの神社に行って神様に謝るんだ。神様にいただいた大事な体を、自分の不注意で壊してしまいました。申し訳ありませんと」

ずっと後、この話は本当のことだと知った。しかし、山本先生が私にこのアドバイスをくれた当時、私は何のことか分からなかった。

2015年3月23日（月曜日）午後1時30分頃、京都から電話が入った。女性の声である。

「センセ！　私の友人が明日、乳癌の手術で病院に行く、言ってますねん。どないひょ」

と言う。私はその乳癌の人の名前、生年月日、住所を聞き出して、いったん電話を切った。直ちに大国主命にその方の守護神を教えてもらった。彼女の御魂は玉依姫神《たまより》だった。そこでさっそく玉依姫神に連絡すると、

「今すぐ下鴨神社に参拝するようにその娘《こ》に伝えて下さい。来たらすぐにヒーリングします」と姫神は答えた。私は京都に居る読者に電話してその旨を伝えた。

「おおきに、おおきに、友人といっしょにこれから下鴨に行きます」と彼女は言った。その後、午後4時少し前に再び電話が鳴った。

「センセ！　下鴨に行って来ました。一の鳥居に入ったところですぐにヒーリングが始まってしまい、眠くて眠くてたまりませんでした。帰りの電車の中では二人でずっと寝てました」と言う。

翌日の午後1時頃、玉依姫神から連絡が入った。

「乳癌の治療を終了しました」と。私は京都に居る読者の元へ電話をした。

「おおきに、おおきに」と彼女は感激して言った。彼女はそれ以上言葉を発することができない様子なので、私は電話を切った。

これまで私は玉依姫神の御魂の人のヒーリングを一度たりともしたことが無かった。玉依姫神は自身の御魂の人間は御自身でヒーリングしていたのだと分かった。

玉依姫神は京都の下鴨神社の祭神であるが、その親神は国之床立地神で、筒之神三兄弟たちの末妹にあたる。

ここまで書いてきた時、八大龍王が私に話しかけてきた。まず第一に、山本光輝氏の話は一般論ではなく、神について信仰心が厚い人に限られると。

第二に、京都から電話してきた女性は私の読者で、かつ、一度ヒーリングを受けている人であり、又、その読者の守護神がたまたま我が家に居た。さらに私と玉依姫神が普段から親しくお付き合いをしていたことが乳癌の治療につながったのだと。

いずれにせよ玉依姫神は、御自身の御魂の人間のヒーリングは御自身でしているということは分かった。

同じように、私は白山姫神の御魂の人のヒーリングはしたことがない。それは白山姫神が自分の人たちのヒーリングをしているからに違いない。白山姫神は創造主の一員である。東京のN姉は私にヒーリングの申し込みをしてくる必要はないはずとずっと思っていたがヒーリング当日、理由が分かった。N姉の自社ビルを改築中だったのである。工事によるゴミが彼女の気管支に悪い影響を及ぼしていた。後日、白山姫神が私に言った。

「この娘《こ》（N姉のこと）私のことちっとも分かってないのよネ」と。この意味するところは、普段からよくめんどうみているという話なのである。そのことをN姉が知らない。

31日の講演会当日、かつて新宿で設計事務所を経営していた頃の同僚が来てくれた。彼は私と同じ東京工業大学（略して東工大）建築学科の卒業生で2年後輩になる。御魂は水発の女神で白山姫神の妹神だ。

水発の女神は彼を通して大学時代から私を見続けていたのだそうで、40年ほどお付き合いが続いている。私の実弟の魂も水発の女神である。私は四人兄弟の内の二男である。水発の女神は私が三才の時から、ずっと私を知っているということになる。つまり白山姫神と水発の女神姉妹神は私のことを幼少期から見続けていたのだった。

かつての同僚に私は言った。

「あなたが居てくれたので、私は設計事務所の社長を辞めることができた。それでノストラダムスの預言書の研究に打ち込むことができたんです。もしあの時、預言書の研究に入らなかったら、私は魂を取り上げられていただろう。それは人の死を意味する。預言書を研究するのが私の使命で、そのためにこの世に生まれてきたんです。目的を為し遂げたので、今、ボーナスをいただいて、こうやって生かされています。ただしヒーラーとしてね」と。彼は一言、一言、かみしめるように私の話を聞いてくれていちいちうなづいていた。彼と私とで立ち上げた建築設計事務所は「株式会社アーキコスモ一級建築士事務所」という。私が社長を辞した時、彼がこの事務所名を引き継いでくれて、彼は横浜で仕事を続けている。

水発の女神様は彼のことをすごく気に入っている。31日に彼に会った時、以前会った時よりずっと若々しく、とても65才を越えている人に見えず、はつらつとしていた。守護されている人というのはそういう者なのである。これはN姉も同じである。すごく若々しい女性である。私より十才以上年上なのに。

一ノ四　経津零雷神《ふつぬちのかみ》

5月31日の講演会参加者の内に経津零雷神の御魂分けの御婦人がいた。この人はN姉の友人である。

経津零雷の神は天照皇大御神の分神で天孫ににぎの命、降臨時における護衛神である。天《あめ》之児屋根命《のこやねのみこと》、建御雷之男神《たけみかづちのおのかみ》とは兄弟神にあたる。本社は奈良県天理市布留町《ふるまち》にある石上神宮《いそのかみじんぐう》である。東京の人は天理にまで行かなくても亀戸天神社に参拝すれば良いことになっている。なぜかというと、亀戸天神社は天照皇大御神以下、天照系の神々が祭られているからである。この神、又の名を布留御魂大神《ふるのみたまのおおかみ》とも言う。これは古代における名である。

御婦人は講演の半ばに部屋に入ってきた。6月1日にヒーリングの予約が入っていた。その申し込み書には以下のことが書かれていた。

脊柱管狭窄症、頸椎《けいつい》ヘルニア、膝《ひざ》と腰の痛み、肩・手・ひじの痛み、右親指のしびれ、首、背中のこり。

申し込み書を見て、私は「これは大変、何時間ヒーリングしなくてはならないか不明」と考えた。そこでこの患者のヒーリングは6月1日の最後の時間とした。夜遅くまでヒーリングが続くかもしれないからだ。

その人は私の読者ではなかった。この日が初対面である。その御婦人が席に着いたのを見はからって、私はその人のそばに移動した。講演会の真最中にだ。彼女が訴えている痛みの体中に私は手翳しをしてみた。すると何の反応もない。この人「仮病をつかっている」と思った。しかし次の瞬間、「時間もお金も使って仮病を演じる必要はない。この人、私のことを何も知らない人なんだから」と考えを改めた。本人が言う痛みの本当の原因はいったい何だろうかと思った。しかし、その答は翌日に見つかるだろうと考えて、本題を続けていった。

講演会を終わって、私と由美と名古屋の娘は一台のタクシーで新宿に向かった。名古屋の娘さんには予め私たちが泊まるホテルに宿泊するよう指示していた。翌日の朝一でヒーリングするためである。

6月1日、朝一番目のヒーリング対象者はこの名古屋の娘さんであった。そのヒーリングは5月18日にすでに終わっていたのと、前日にその件を確認済であったので、この日は歩行訓練が主体となった。その教師を勤めたのは由美であった。由美は「女性の歩き方」について研究済だったのである。他に三人の患者を午前中にヒーリングしたのだが、その内の一人は「統合失調症の男性患者」だった。年は30代半ばを越えていた。両親がその背の高い息子を両側からはさむように運んできた。ヒーリングを終ると、その息子は「正常な男性」として私に、

「ありがとうございます」ときちっとした挨拶をした後、両親を従えるように帰っていった。

名古屋の娘さんには午前中にチェックアウトしてもらった後、引き続き私たちの部屋に留まってもらった。午後にN姉のヒーリングを控えていたからである。名古屋の娘さんがヒーリングによってどのように変わったかN姉に確認していただくためと、N姉のヒーリングを

娘さんに見学させるという二重の目的があった。その二つの目的が終了したのと同時にN姉と娘とは会場を後にした。

その三日後、6月4日の夜に底筒之男神から連絡が入った。

「名古屋の娘は、足もきれいに治って、問題は無くなった。以後のヒーリングは考えなくて良い」と。先天性小児麻痺のヒーリングはこうして成功した。

6月1日、最後の患者が入室した。経津零雷神は「神界のヒーラー」を一人供なっていた。その方は亀戸天神社にお勤め中の天照皇大御神の分身だった。今だ輪廻転生中という。これからまだ人間になる途中の魂が「神界のヒーラー」として志願する例は他にもある。由美の父親、末廣武雄命がその一例である。武雄命はしなつひこヒーリングチームの一員であるが、亀戸天神のヒーラーは天照系一家のヒーラーである。

御婦人の「キレーション」を教科書通り、一通り終ると、案の上、肉体的にはどこにも故障が見つからなかった。前日の講演会で診断した通りだったのである。ここで「キレーションとはバーバラ・アン・ブレナン博士著「光の手・下巻」の22章、チャクラヒーリングのことである。私が「教科書」というその本とは「光の手　上・下」のことである。

「キレーション」が終った時、私の魂が、「第三層のヒーリングをすべし」と私の意識体に言った。これまでの長いヒーリングの体験を私の魂はデータとして蓄積しており、的確なヒーリングの指示をしてくれるようになっていた。魂は天才なのである。誰でも！

「第三層のオーラ」とは精神界ボディ（メンタルボディ）のことで『光の手・上巻』111頁に、

「それは肉体から7・5センチから20センチくらいまで広がっている」と書かれている。

そこで私は私の魂に従って手を空中においた。そして足の先から頭のてっぺんまで空中を撫でるようにメンタルボディのヒーリングを行なった。さらに神界のヒーラーが私のヒーリングの不足分があるかどうかを点検した。それも終って、私は、

「ゆっくり、ゆっくり体を起こして下さい」と患者に言った。患者はやがて靴を履いて椅子に腰かけて、ゆったりと話し始めた。

「私、子供の頃、道路の側溝に足をひっかけてしまい、顔から体全体を道路に打ちつけてしまった。その時、気を失ってその場に倒れていた。やがて救急車に乗せられて病院に運ばれました。不思議なことに体全体の痛みはありませんでした。傷口は全部自然に治っていったので、この子供の頃の出来事を忘れていました」と言った。

「肉体上の傷はどこにもありませんでした。つまり申し込み書に書かれている体の各部分

には何の異状も見あたりませんでした。ただし精神体と呼ばれているオーラが壊れていて、子供の頃の痛みを憶えていたんです。そのオーラを修正できたので、今後、痛みは出ないでしょう」と私は言った。

彼女は納得できたようで、ゆっくりと部屋を後にした。この日、八人目のヒーリングを終わって私は何とも言いようのない不思議な感覚の中に居た。

その夜、しなつひこの神から連絡があり、「明日の担当は疏《そ》世《よ》風《かざ》志《し》津《つ》多神《たのかみ》がする」と。このヒーラーは津田左右吉先生のことである。

6月2日はヒーリングの予約が六人であった。その内の一人は昔、私が埼玉県に住んでいた頃、ヒーリングしたことがある男性で、彼はアトピーに悩まされていた。化学物質過敏症と医者は診断していた。アトピーは一回のヒーリングで全て治っていた。ところが、最近になって再発していた。再発後の彼は以前よりもっとひどい事態になっていた。全身の皮膚は「象《ゾウ》」のようになり、アチコチ出血していた。疏世風志津多神はしなつひこの神を呼んだ。宇宙一のヒーラーが来ないと、どうにもならない病状だったのである。

以前、2014年2月初頭に兵庫県の宝塚市で同じようなアトピーの患者をヒーリングしたことがあった。その時もしなつひこの神がヒーリングを担当した。

こういうひどいアトピーの患者は体の中で何が起こっているのだろうかと考えざるを得なかった。通常、副腎が故障しているために副腎皮質ホルモンが分泌されず、アトピーと言われる病状になるというのが医学的説明である。従って6月2日の患者については副腎のヒーリングを行なった。副腎に手を当てるとものすごい熱さが私の全身に起こり、確かにそこが悪化していることが分かった。

副腎を創る幹細胞をヒーリングパワーによって活性化させ、健康な副腎を再生させようとイメージしながら作業を続けた。その後、ヒーリングをしなつひこの神に委ねた。

この夜、なかなか眠りにつけず、一杯の焼酎が二杯になり、三杯になってもなお考えていた。再発してしまった患者のことについて。彼はどうして副腎を壊してしまったのだろうかと。医者は、化学物質のせいだと言うだろう。しかし、私はそう考えられなかった。何か別の精神性が病気を発生させているのではなかろうかと。

しなつひこの神から連絡が入った。「明日は神倭風《かんやまとかざ》志元《しもと》之《の》神《かみ》が担当する」と。山本勘介先生のことである。三日目も六人の予約が入っていた。

一ノ五　にぎはや日の命

にぎはや日の命は天照皇大御神の分神で本社は江東区の亀戸天神社である。古来、天之日《あめのひ》子根命《こねのみこと》と呼ばれていたが御自身で改名したのだと言う。そのことについては拙著『神様がいるぞ！』の68頁以下に書いた。

にぎはや日の命には大変むずかしい漢字が当てられているが私流に書けば「賑栄日命《にぎはやひのみこと》」となる。その意味は「天照系の神々の魂を持つ人々が増え栄えることを望む神」ということである。しかし表題で「賑栄日命」とすれば読者から「誤字だ」と指摘されかねない。それでひらがなで書いているのだが、これは「しなつひこの神」とひらがなで書くことと同じ意味。

6月3日午前10時少し前、にぎはや日の命が「娘は今、ホテルに入った。まっすぐくによしの部屋に向かう」と言った。その直後、この日の最初の娘さんが一人で入室した。一人ではあるがにぎはや日の命と亀戸天神社のヒーラーが護衛している。神倭風志元之神（山本勘介先生）と私とは入口で迎えた。

この娘さんは東京の南荻窪在住で彼女の母上が私の20年来の読者である。31日の講演会にはその母上が参加していた。この御一家は天照系である。ちょうど2年前に池袋でヒーリングをしていた。その結果、娘さんは働けるようになり、自分の好きな仕事の道に就くことができた。そのことで大変喜んでいたのだが最近また再発したと予め連絡が入っていた。

挨拶もそこそこに私はさっそくヒーリングを開始した。アトピー性皮膚炎を発症していたが前日の最終患者に比べればまだ良い方だった。この娘さん、21才の時に膠原病《こうげんびょう》を発症していたと聞いていた。この病気は遺伝子治療が必要と聞いているのだが……。

一通りキレーションを終ると山本軍師は伊勢から若風志多生神(タオさんのこと。前著「神様といっしょ」参照)を呼んだ。理由は分からないが「重症」を意味している。タオさんの指示に従い、必要な箇所に必要な時間、私は手翳しでヒーリングパワーを注いだ。

その時、誰だか分からない神が部屋に入ってきた。神名を尋ねたが名を言わない。

「遠い星からやって来た」とだけ言う。しばらくして、

「松果体、脳下垂体を治さないといけない」と言った。どうやらET(宇宙人)のヒーラーらしい。そこで私は娘さんの第7チャクラからヒーリングパワーをいっぱい注ぎ込んだ。その後、私はベッドから離れ、タオさんと山本軍師、それとETのヒーラーに治療を委ねた。

脳の下部深くに視床下部、松果体、脳下垂体がある。視床下部と下垂体系には、

1　成長ホルモン
2　乳腺細胞に作用するホルモン
3　副腎皮質刺激ホルモン
4　甲状線刺激ホルモン
5　女性ホルモンの分泌
6　排卵誘発ホルモンの分泌

等の機能がある。又、松果体は睡眠や日内リズムに関与するメラトニンというホルモンを合成し血中に放出している。

娘さんのヒーリングは12時を過ぎてなお終わらなかった。そのヒーリングの最中に私はアメリカから一時帰国中の男性を一人ヒーリングしている。ベッドが二つあるので、神界のヒーラーたちが一人をヒーリングしている間にもう一人の患者を私がヒーリングできる。その男性は日本人ばなれした体格をしており、私が見上げるような大男である。彼は私が予め指定

した時間通りに入室した。初対面だったのでブレナン博士の『光の手』を見せてヒーリングの手順を説明しようとすると、

「それはいいよ」という。そこで早速《さっそく》ヒーリングを開始した。一通りのヒーリングを終ると彼は、

「すばらしい。こんな治療法があったとはこれまで知らなかった。アメリカに帰るんだが、帰ってから再発したらどうすればいい?」と私に質問した。

「あなたが住んでいるカリフォルニア州にバーバラ・アン・ブレナン博士のお弟子さんたちがたくさん居ますのでインターネットで探して申し込んだらよろしい」と私は言って、もう一度ブレナン博士の著書を彼に見せた。

「ああ、そういうことか」と彼は言って、退出しようとした。帰り仕度をしながら、彼は隣りのベッドでまだ横たわったままの若い女性を不思議そうに見ていた。

「神界のヒーラーたちがまだヒーリング中なんですよ」と私は彼に言った。そのことが理解できたかどうか分からないが、彼は大変御気嫌よろしく部屋を後にした。

私は娘さんに声をかけた。

「ゆっくり起き上がって下さい」と。彼女がベッドから下りたところで、私は、「鏡を見てごらん」と言った。

「あっ！」と彼女は声を上げた。赤い発疹が顔、首筋から消えていたのである。明らかに副腎皮質ホルモンが働いているのである。自分の問題が消えると彼女は「おばあちゃん」のことで相談してきた。このおばあちゃんは孫を大変かわいがってきたが90才をだいぶ過ぎていて「人としての機能」をだいぶ失なってきていた。さりとて私のヒーリングを受け入れるような人でもない。ここで私は宗像のたぎり姫神に来ていただいた。私の目の前にいる娘さんのおばあちゃんのことを姫神に伝えた。神は、

「適切な時期を選んで、迎えに行くことにします。いつとは言いませんが」と言った。その言葉をそのまま娘さんに伝えた。

「ありがとうございます」と娘さんは言って退出した。

この日の午後は一家三人のヒーリングを行なった。御両親と娘さんとである。一家は渋谷区でN姉とさほど遠くないところに住んでいる。御一家の御魂は、

父親……八大龍王

母親……火明りの命
娘　……底筒之男命
兄弟神

である。父親のヒーリングは八大龍王が自ら行なった。母親と娘とはこの日の当番神である山本軍師が行なったが、八大龍王もヒーラーとして加わった。

その八大龍王は5月31日に私と由美とが家を出る時からずっといっしょに居て、飛行機にも同乗してきた。6月1日から4日までのヒーリング申し込み者の中に八大龍王の御魂の患者が多かったのである。31日の講演会にも会場に来ており、新宿ではずっと同じホテルに陣取っていた。

娘さんは卵巣嚢腫《のうしゅ》を患っており明日に手術を控えていた。

「切腹はしない方がいいよ」と私は言ってヒーリングを行なった。一通りのキレーションを終わってから、私は娘さんに、

「嚢腫は消えたよ」と言った。三人のヒーリングが終わると、娘さんが私に「ヒーリング申し込み書」を手渡した。彼女の仕事上の上司にあたる方が癌を患っており、この日手術のため病院に入ったと言う。

「上司がヒーリングを受けたいと言っており、小倉に行く」と娘さんが言った。私の都合

を聞き出そうとしたので、

「その話、待った。明日、あなたに返事する」と私は言って、一家を帰した。その直後、癌患者の御魂を神に尋ねると「八大龍王」と答がすぐ返ってきた。そこで私は八大龍王に、「この患者のヒーリングをして下さい。早い方がいいよ。病院の部屋でヒーリングすれば良い。私がそこへ行くより八大龍王が直接行った方が良い」と言った。八大龍王は何事かじーっと考えていたが夜10時にホテルから消えた。


この日、私はヒーリングという治療法を開始して以来初めてアトピーの患者には脳下垂体のヒーリングが必要であることを悟った。誰だか知らないETのヒーラーのお陰だった。この日の全スケジュールを終わって、私はそのヒーラーにお尋ねした。

「脳下垂体の機能はどうして壊れるのか」と。

「肉体的、精神的限界を越えて無理に仕事や勉強、研究に打ち込むと発症する」と彼(又は彼女)は言った。昨夜来の悩み事が頭の中から「すーっ」と消えていった。

その夜、しなつひこの神が連絡してきた。

「明日の当番はバーバラ」と。久しぶりにブレナン博士と仕事ができることを知って、私は大変嬉しくなった。

翌朝、八大龍王がホテルに戻ってきた。

「癌は消えたぜ」と言う。4日の夜に渋谷の娘さんに電話したところ、「私も手術しないで済みました」と答。

6月4日（木曜日）午前11時、杉並区和泉から一人の若い主婦が母親に連れられてやって来た。ヒーリング申し込み書にはたくさんの病名が書かれていた。リウマチ、手足の腫《はれ》と痛み、白血球の減少、顔や皮膚のかゆみ、腫と炎症、肝機能症害、胃下垂等々。

まるで病気のデパートだ。まだ若いのに。この日、水発《みつは》の女神、ブレナン博士、八大龍王、ETのヒーラーによって、彼女の病気は全部治った。この患者とは初対面であったが、その母親が私の昔からの読者でヒーリングのことをよく勉強していた。

6月5日に私と由美とは帰宅した。

一ノ六　11番目のヒーラー

２０１５年６月10日（水曜日）午後２時40分頃、若風志多生神《わかかざしたおのかみ》が私に連絡してきた。

「今、ちょっとそちらに行きたいのですが」と。若風志多生神とはティア・ウーバ星人のタオさんの日本における神名で、この神名は私が考え出した。その経緯は前著の42頁以下に書いた。この日私は車の修繕のため外出する準備をしていた。その時間まで少しの間多生神と話しておこうと思った。神棚に多生神専用のコップに水を満たしてお供えした。

「どうぞ」と言いながら合掌。このところしなつひこの神のヒーリングチーム10神はヒーリングで非常に忙しく、我が家を訪れることはめったに無かった。少しの時間でも我が家に立ち寄ってくれるのは嬉しかった。

「今日はもう一人連れて来た」と多生神が言った。新しいコップに水を満たして多生神のコップの横に置いた。時間が午後３時に近くなっている。

「何かお茶をいれましょうか。コーヒーか紅茶かどっちがいい？」と私。

「果物ジュースを」と多生神。冷蔵庫から百パーセント果物ジュースを取り出し、お供え用に使っているワイングラス２つに満たし、神棚に置いた。それとチョコレートをお供えした。このチョコレートは大阪の帝国ホテルのオリジナルで先月、このホテルで買っておいた物である。多生神が連れてきた「もう一人の神」に話を聞こうとすると、

「先日、ティア・ウーバ星に行ってタオさんを訪ねたら、タオさんは地球に出張していると聞いた。それで地球にやってきたら、タオさんはヒーリング中だった。人間のヒーラーはあなたでした。それでそのままヒーリングを助けたんです」と言う。

「先週、新宿のホテルで仕事をしていた時、ふいに現れて、その患者の脳下垂体や松果体を治してくれた神様ですね」と私。

「そうです。それで、そのままタオさんのヒーリングチームに加わっていました」と神は言った。

「そもそも、どの星の出身ですか」

「元々、ティア・ウーバ星人ですが、今はそこから出て、他の惑星で仕事をしてました」

「日本に祀られている神々の系統に入ってますか」

「純粋にティア・ウーバ星人で、日本の神々との関係は有りません」

「先週、患者の脳下垂体や松果体を治してくれましたが、他の脳の部位、神経系統のヒー

リングも得意なんでしょ」と私。

「はい、その通りです」

「そうすると、強力なヒーラーがしなつひこチームに加わったことになりますネ。頼もしいです」と私は言って、この神の神名を考え出した。アレ、コレと考えたあげく、この神がチームの11番目のヒーラーであることに着目した。11を漢字にすると十一となり、その発音は「とひ」となる。「とひ」を再び漢字になおすと、「斗霊」という字が見えた。「斗」は星の意味、「霊」はエネルギーの元の意である。

「星風《ほしかざ》志《し》斗《と》霊《ひ》之《の》神《かみ》」という神名でどうだろうかと私は提案してみた。

「それで良い」と神。私は新しいＢ５版の白紙に改めてこの神名を墨書して神棚に置いた。

「ところで斗霊の神は身長３メートル位でしょ」と私。ティア・ウーバ星人は巨人族なのである。

「そうです」と神。

「その身長だと地球では何かと不便でしょ。普通の日本人の身長に縮めた方が良いのでは？」

「そうしようと思っているところです」と神。車屋に行かなくてはならない時間が迫っていた。私は由美に斗霊の神と多生神とのお相手をしてくれるように頼んで外出した。

車の中に二神は乗り込んでこなかった。ＥＴ（地球外生命体、つまり宇宙人たち）は地球の乗り物を好まない。非常に危険な乗り物だからだ。車屋に自分の車を預けている間、私はそこの応接コーナーでぼんやりとコーヒーを飲んでいた。車の修繕といっても、最新のカーナビデータの入力である。

今年３月までに東九州自動車道が大部分開通して宮崎県へ行くのが楽になってきた。これまで北九州市から宮崎県へは熊本、鹿児島経由で高速を走った。それが大分県をよこぎって宮崎入りできるようになった。それと、九州全域で再開発が進み、新しい建物や道路が出現していた。自然の地形すら変わってきたのである。

多生神が車屋にひょいと現れた。

「私がここに居ることを知ってたんですネ」と私。

「そろそろ戻らないと」と多生神。

「また、仕事が入ってるんですね。ほんとに忙しいですね。どうぞ」と私は言って、多生さんと斗霊の神を見送った。

ここでしなつひこの神のヒーリングチームを改めて書いておくことにする。

数音彦命《かずおとひこのみこと》（ノストラダムスの神名）

末廣武雄命《すえひろたけおのみこと》（由美の父親）

Dr・パレ（ノストラダムスの親友）　親神はしなつひこの神。

バーバラ・アン・ブレナン博士（『光の手　上・下』の著者。親神はしなつひこの神）

美風志生包神《みかしうつのかみ》（臼井甕男《うすいみかお》先生の神名、親神はタオさん……ティア・ウーバ星人）

天之風志中神《あめのかざしなかのかみ》（中村天風先生の神名）

神倭風志元之神《かんやまとかざしもとのかみ》（山本勘介軍師の神名、親神はしなつひこの神）

疏世風志津田之神《そよかざしつたのかみ》（津田左右吉先生の神名、親神はしなつひこの神）

十百風志医和之神《ともかざしいわのかみ》（岩倉具視先生の神名、しなつひこの神が親神）

若風志多生神（ティア・ウーバ星のタオさん。しなつひこの神が親神）

以上10神のヒーラーに11人目のヒーラー、星風志斗霊之神が加わって、ヒーリングチームは11神となった。

私と由美の母親、神倭姫命《かんやまとひめのみこと》もヒーリングは大変上手で末期癌の患者を治せるほどであるが、しなつひこヒーリングチームとは言わない。どちらかと言えば、天照皇大御神《あまてらすおおみかみ》のヒーリングチームに属していると言える。しかし天照チームとしなつひこの神のヒーリングチームとは互に密接な協力関係の元にある。神社が同じ伊勢にあるからである。

これとは別に和歌山では伊太祁曽《いたきそ》神社に木の神のヒーリングチームがある。和歌山医科大学病院の医師たちの中に木の神の御魂分けの人たちがいる。亡くなって神社入りする魂の内にヒーラーを志願する方々がいるのでそうなる。この木の神ヒーリングチームも伊勢のヒーリングチームと密接な協力関係の元にある。しなつひこの神、木の神は元々人類創成プロジェクトメンバーなのである。

同様に木の花咲くや姫神のところにもヒーリングチームがある。木の花咲くや姫神も人類創成プロジェクトメンバーであった。

滋賀県の多賀大社にはいざな気の神のヒーリングチームがある。自前のヒーリングチームを持っていない神の中には自身でヒーリングを行える方もおられる。例えば京都の下鴨神社の祭神、玉依姫神《たまよりひめのかみ》は自身の御魂分けの人間の癌をお一人で治したことがあった。

話を伊勢のしなつひこヒーリングチームメンバーのことに戻す。このチームを構成している方の中に由美の父親、末廣武雄命がいる。武雄の命の親神は奈良の川上神社の祭神たる水《みつ》発《は》の女神《めがみ》様である。その川上神社にもヒーリングチームがあるが、武雄の命はヒーリングの師をしなつひこの神とした。そのことを水発の女神様が「よし」とした。川上神社から伊勢出向をしているような形である。

もう一人、ノストラダムスは私の魂と同じであって、私の片割れであるが、ヒーリングの師をしなつひこの神に仰ぎ、弟子入りした。元々、ノストラダムスは医師だったので、弟子入りを許可されている。他のメンバーは全員、しなつひこの神の御魂分けかもしくはその関係者で構成されている。

星風志斗霊之神が我が家に来た翌日、ティア・ウーバ星の守護神タオラが伊勢を訪れた。目的は星風志斗霊之神への激励であった。タオラはティア・ウーバ星守護神の内の最高責任者であるが、自らの御魂分けによる日本人を何人かこの日本に生み成している。ティア・ウーバ星人と日本人とは非常に密接な関係を持っているのである。そのティア・ウーバ星人を創った神がしなつひこの神なのである。

第二章　生と死とを見つめて

二ノ一　月の女神

昨年、２０１４年8月12日（火曜日）由美の父親、武雄命から連絡が入った。「ヒーリングの仕事で連日忙しくて明日以降家に帰るどころではない。仏壇の飾り、お供えはしなくてよい。倭姫もここのところ忙しくて家に行けない」と言ってきた。

お盆の迎え火の日、何もすることが無くなって昼寝をしようと思った。前著『神様といっしょ』の原稿は明窓出版に送ってあり、後は出版社の仕事になる。床にゴロッと横になった。しばらくして体が楽になり、頭の中で何も考えていない「ぼ〜ッ」とした状態になっていった。完全に眠っている事態でもなくさりとて目覚めているわけでもない中間の心的状況である。その時ある風景が見えてきた。

江戸時代の京都の町並み。木の格子がびっしりと家々の窓に取り付いている。縦格子で玄関も縦格子の引き戸である。ＮＨＫの時代劇のセットみたいだ。二間ほどの巾の道をたくさんの人々が行きかっている。歩行者だけで車類は無い。人々は江戸時代の服装、つまり伝統的な和服姿だ。

一人の美しい女性が私の前を通り過ぎようとしていた。白地に青い幾何的な模様が染められている和服で胸元の襟はビシッと決まっている。実に粋な着こなしである。

「娘のヒロ子が大変おせわになり、ありがとうございます」と言う。ヒロ子とは和歌山市在住の読者のことで前著に登場している人である。

「ヒーリングをしたことですか」と私。

「ハイ、私、普段はいたきそ神社にお勤めしていまして、ヒロ子の守護をしています。ヒーリングとは何のことかまったく知りませんでした。それでヒロ子がヒーリングを受けていた場所に行ってませんでした。後で木の神様からあなたの話を聞きました。ありがとうございます」と言う。和歌山市のヒロ子の魂は木の神の御魂分けで、彼女の亡くなっている母親もまた木の神の御魂であると分かった。私はヒロ子の母親がすでに亡くなっていたことをこの日まで知らないでいた。ヒロ子は私と同級である。つまりまったく同じ町に生まれていれば私とヒロ子は小学校も中学校も同クラスになっていた可能性がある。

母親が私の視界から消えると、そのすぐ後に和装の男性が歩いていた。最初に話しかけてきた女性の着物とは反転した色づかいの生地である。青地に白の幾何模様の和装である。背に三味線を背負っている。日本人離れした顔付きですごく美男子である。にこっと笑って、

「ヒロ子の父親です」と言った。

「御魂はどなたですか」と私。

「月の女神」と彼は言った。

「月の女神は高御蔵《たかみくら》に居るはず、そこから出てこれないでしょ」と私。

「今日は盆の入り、神様に特別に許可をいただけましたのでこれからヒロ子の家に行きます」とその男性は言った。

「あなたは輪廻転生中ですか」と私。

「輪廻転生は完了してまして、今は月の女神に合流してます。おっしゃる通り普段は高御蔵に居ます」と彼は言う。

「ヒロ子の父親をする前はどんな人生でしたか」と私。

「ルクセンブルク公でした」という。ルクセンブルク公国はフランスの北側にある小公国である。そのルクセンブルク公だったと彼は言っている。公とは王様のことだ。映像はここで消えた。

私は起き上って和歌山に電話をした。

「ヒロ子のおとうさんとおかあさんは亡くなっていますか」と。

「はい。今姉たちがみんなで来てまして、これからお仏壇の飾りやら何やら買物に出ようとしてるところです」とヒロ子は言った。私はヒロ子に父母上の生前の様子を聞くことができた。映像に登場した男女はまさしくヒロ子の父母であると確信した。そこで私は今しがた見た映像を元にヒロ子にＦＡＸを書いた。

ヒロ子さんの御母上は木の神の御魂で、通常、伊太木祖《いたきそ》神社でお勤めをしながらヒロ子の守護神をしていると言う。御自身は輪廻転生を終わっており、今は神になろうとしている存在。御母上は「ヒーリング」という手法について知らなかったそうです。5月19日のもも子のヒーリング場面は見ておられなかったとのこと。7月末の2回目のヒーリングの時、初めてヒーリングの現場を見学したそうです。

つまり、もも子のヒーリングは木の神様の御導きで、木の神様がヒロ子を動かしたということのようです。

ヒロ子の御父上は月の女神（セリーヌ）の分身で、この神は木の神の妹神にあたる。月の女神は昨年（２０１３年）夏、ヨーロッパの守護神を引退し通常は「高御蔵」にいる。

本日、お盆につき、ヒロ子の御母上と父上とそろってヒロ子の家に来ている。これは毎年そうしているんだそうで、これはヒロ子が木の神の分身であるが故なんだそうです。

ヒロ子のお姉様たちのところには毎年行ってないそうです。これはお姉様たちが天照系であってその筋の方々が守護しているからなんだそうです。

月の女神は高御蔵から出て地上に下りるにあたり、ヒロ子の父上の姿になってるんだそうです。そのようにしないと木の神様に叱られることになりそうです。

「お前、天界に帰ってるはずじゃないか！」と。

昨年、月の女神が引退を決めて高御蔵に上るにあたり、御父上は月の女神に合流したんだそうです。ということは輪廻転生が終わっている人なんです。御父上は神界に入っていた。おそらく月の女神に合流する前はエリーゼ宮に居たはず。月の女神がエリーゼ宮を使ってましたので。

ヒロ子の御母上はすごい美人でびっくり。木の花の咲くや姫と見間違えられそう。今は大変若々しく、この人がヒロ子の母かと思う。白地に紺の模様が入った和服姿でした。御父上も和服姿。

御母上はお盆だけでなく普段からヒロ子の家に行っているのですが、お盆ということで今日は夫婦そろってヒロ子の家で過ごすということだそうです。それにしても月の女神がわざわざ高御蔵から下りてくるとは思ってもいなかったんでびっくり仰天してます。

高御蔵は月と地球との間にあり、地球がすぐそばに見える位置にある神界。私は天界と呼んでいる。これはいざな気神が初めに作った神界。

いざな気神が天之御中零雷神の神界で神修業をし、終わって地球に戻ってきた時、地上がまだ作られている途中だったので陸地が完成するまで上空で待つことにした。その時作った神座を高御蔵という。しばらくして天照皇大御神が天之御中零雷神の神界から地球に戻ったところ、いざな気神が新しい天界の座に居たので天照皇大御神もそこに戻ることにした。

今、天照皇大御神は地上にいるので月の女神たちがこの高御蔵を引退後の住にしている。

他にもそこに居る神々がいる。

月の女神は創造主の一員なんで、ヒロ子たちは創造主の御両親から生まれた子たちなんですネ。すご～い！

御父上はヨーロッパのルクセンブルク公の後に日本で生まれ、これは最後の輪廻転生だったそうです。その後昨年の夏に親神と合流をした。

２０１４年８月13日記　池田邦吉

その夜、ヒロ子からＦＡＸが我が家に届き、

「父母の普段の様子がよく分かりありがたいです。いただきましたＦＡＸを姉たちとみんなで読んでいました。ありがとうございます」と書かれていた。

この事象が起きた前年、２０１３年の4月20日夜、夕食を終えて寛いでいると、どこからともなくピアノ曲の「エリーゼのために」が聞こえてきた。この家の隣り近所にピアノをひく人は居ない。どうして私の頭の中で「エリーゼのために」が響きわたっているのか不思議に思った。その時、部屋の中に誰か知らない神様が入ってきた気配を感じた。

「どなた様で～」と私。

「月の女神です」と答。

「月の女神様はヨーロッパの守護神と日本の神々に教えられています。今、そのヨーロッパから来たんですか」と私。

「はい、そうです」

「月の女神様はここへ来たのは初めてのはず。誰が案内してきたんですか」と私。

「花の女神に案内してもらいました」

「へんだな～。花の女神は今日、富士山浅間大社にいるはずなのに」と私。

「花の女神が昨年（２０１２年）日本に行ったきり、ちっとも戻ってこないので私が花の女神を呼び出したんです」と月の女神。

「へェ～、月の女神様は花の女神様をそんなにたやすく呼び出せるんですね」と私。

「娘ですから」と言う。

「何ですって！　花の女神は月の女神の娘？」と私。びっくり仰天である。月の女神は今度は花の女神に向かって話し出した。

「あなた！　お姉様たちにちゃんと話をしてないの？」と。

「はい。言おう、言おうと思っている内に日本の神々が私のことを創造主の一員だと言うので、つい真実を言いそびれていました」と花の女神が言った。

「どういうことか説明して下さい」と私は月の女神に言った。

「はい。昔、フィレンツェからこの町の守護神になってくれるよう頼まれた時に、私は分神を創り出しました。それがここに居る花の女神です」と女神。

「すると花の女神はまだ１５００才位ですか」と私。

「そうです。神としてはまだ子供です」

「そうすると花の女神はフィレンツェの地元の神であって創造主の一員ではない？」と私。

「はい。私は創造主の一員ではありますが、花の女神は創造主のメンバーではありません」と月の女神。私はとりあえず、木の花の咲くや姫に「月の女神」が我が家に来ていることを連絡した。

「あなた様は記紀に登場している刺国若姫《さしくにわかひめ》とか、いの姫と呼ばれている神ですか」と私は月の女神に尋ねた。

「その通りです。私はヨーロッパの守護神として決まった時以来、ヨーロッパのことのみに専心してましたから細かいことをいちいち日本の神々に報告してません。それで姉様たちが花の女神のことを知らなかったのは当然です」と女神。私の質問は尋問に近くなっている。この月の女神と花の女神に少々腹が立っている。

「あなたのお姉様が富士の浅間大社に祀られていることは御存知でしたか」と私。

「はい。そのことは知っていました。明朝そこに行くつもりです」と女神。

「なぜ、浅間大社に行かず、この家に直行したんですか」

「ヨーロッパが大自然災害で崩壊することを花の女神から聞きました。そんな所には恐ろしくて住めませんし、ベスビオの爆発など見たくもありませんわ。それでヨーロッパから早々逃げだして来ました。それと、この家にノストラダムスが居ると聞きましたから、花の女神が言ったことが本当のことかどうかノストラダムスに確かめたかったんです」と女神は言った。

「職場放棄ですな〜。ところで月の女神様は普段どこにお住まいでしたか」と私。

「エリーゼ宮です」と女神が答えた。その時、木の花の咲くや姫が我が家に入った。入るなり、

「あっ！　私の妹だ。なつかしいわ〜。やっと会えてこんなにうれしいことはないわ〜」と言って、木の花の咲くや姫は木の神を呼び出した。時計は午後8時を少し廻っている。木の神が我が家に入った。

「何てこった〜」と木の神は叫んでそのまま黙ってしまった。私はとりあえずいつものお神酒をお供えした。一杯飲まないと次の言葉が出ないだろうと察した。月の女神親子がこれ以上我が家に居るのは迷惑だった。私は木の花の咲くや姫に頼んで、この親子を引き取ってもらった。

二ノ二　アポロンの神

２０１３年７月29日（月）早朝から神々が我が家に集まっている気配を感じて起きた。前日に大阪で講演会（関西日本サイ科学会主催）等の用件を済ませて帰ったばかりで荷物もまだそのままだった。何しろすごく疲れていてもう少し寝ていたい頃であった。集まっていた神々は、八大龍王、その姉の下照姫神と天津国魂神《あまつくにたまのかみ》、月の女神と花の女神であった。下照姫神が言った。

「くによしには大変お世話になりました。神社の仕事は苦手でお勤めはできませんし、人間のヒーリングも苦手です。あなたのお仕事を手伝うこともできませんでした。それでもと居た高御蔵に帰ります」と言う。五神はこの日の内に高御蔵に入ったが、八大龍王だけはまた我が家に戻ってきた。引退したはずなのに。

８月４日（日曜日）朝から水発の女神様が我が家に来てくれていた。大阪の講演会から帰ってちょうど一週間目だった。その一週間の内に大阪でヒーリングした患者たちのアフター・

フォローのアドバイスを終わり一息つけたところだった。

昼前に誰か知らない神様が部屋に入ってきたことを感じた。

「どなた様でしょうか」と私。

「ヨーロッパの神で、ギリシャ神話に登場しているアポロン」とその神が答えた。

「太陽の子、アポロンで～」と私。その神がくすくす笑っている。

「そこんとこ、ちょっと違うんだ。自分はゼウスの子ではないんだ。ギリシャ神話も少々いいかげんな物語になっていてね～。自分の親神はアフロデーテなんだ」と神。

「へェ～、愛と美の女神、ヴィーナスがあなたの親神なんですか。びっくりしたな～」と私。

続けて、

「ヴィーナス、つまりアフロデーテは日本の神様とどういう関係があるんですか」とアポロンに質問した。

「ここに居るよ」とアポロンが言った。

「エ～、水発の女神さんのこと？」と私。

「ヴィーナスは別名をアフロデーテと言い泉の女神のことなんだ」とアポロン。

「なるほど！　それでアポロンの本日ここへ来た用件は？」と私。

「うん、私が今度ヨーロッパの守護神になったんだ。月の女神がちょっと里帰りすると言って日本に行ったきりなかなか帰って来ないので、どうしたのかと尋ねたら、月の女神はもうヨーロッパに戻らないと言った。それでヨーロッパの神々が会議をして私が任命された」とアポロン。

「そりゃ大変だ。これから水発の女神様が忙しくなるね」と私。

「そこはちょっと違う。ヨーロッパのことはヨーロッパの神々に任せてあるから私は関係ないわ」と姫神。その後で水発の女神様とアポロンとが何か打ち合わせをしているようだった。アポロンは昼前にヨーロッパへ帰った。それにしてもヨーロッパの神々の対応は早かった。月の女神がヨーロッパの守護を放棄することを表明したのが7月29日朝でその5日後、8月3日にはアポロンが守護神として決まった。

ヒーリングを申し込まれた時にその患者の魂がどの神様であるかを大国主命様にお尋ねするのだが、時々、その患者さんが「月の女神」の魂の人であることがあった。つまり、初めて人と化した時、ヨーロッパで生まれた人がいて、その方の魂が月の女神と分かった時で、かつ、その方が日本に輪廻転生してきているケースがある。そんな場合、月の女神様をヒーリングの現場に立ち合わせるということはかつて無かった。そのため、月の女神引退後に月の女神の御魂分けの日本人をヒーリングする場合、どうしようかと思い悩んでいた。ずっと後になって月の女神は引退後の人々のヒーリングについては木の神や木の花咲くや姫に頼んで行ったことが分かった。

アポロンがヨーロッパの守護神に決まった後、ヒーリングの対象者が「アポロンの御魂分け」であると分かった時があった。その時、ヒーリングの現場にアポロンを立ち会わせるということはできなかった。

２０１４年正月、アポロンが新年の祝いに我が家に遊びに来た。その時、アポロンは水発の女神様に「自分の御魂の日本人についてヒーリングは親神様に頼みたい」と申し込んだ。水発の女神様はアポロンの申し出を引き受けた。以来、アポロンの御魂の日本人は水発の女神様がヒーリングすることになった。

２０１５年3月2日（月曜日）夜、北海道札幌市の読者M子から電話が入った。

「私の友人で室蘭のWさんのことなんですけど、彼女の息子さんがスキーをしていて大怪我をし、意識不明のまま今、救急車で病院に運ばれているところなんですが、先生、遠隔ヒーリングしていただけませんか」と言う。

「遠隔ヒーリングは本来無いんです。かつて私は自分の本（光のシャワー）で遠隔ヒーリングのことを書きました。しかしずっと後になって、それはその人の守護神や神界のヒーラーたちの仕事だったことが分かりました。ですからWさんの息子さんのヒーリングは彼の守護神がすることなんです。その守護神さんに連絡とれるといいんですが」と私は言っていったん電話を切った。札幌のM子と室蘭のWさんは二人とも2014年の9月に北海道でのヒーリングセミナーに行った時、ヒーリングをしていた。二人とも私の読者だったので「遠隔ヒーリング」という概念を知っていたのである。私はWさんのヒーリングデータをファイルから引っ張り出した。

その時、大国主命様が我が家でいつもの焼酎で一杯やっていた。Wさんの御魂はしなつひこ神の御魂分けである。つまり、Wさんの守護神はしなつひこの神であるが、Wさんの息子さんも同じようにしなつひこの神が守護神かどうかは分からない。この日、しなつひこの神も我が家に居て大国主命様と同じ焼酎で一杯やっていた。夜もだいぶ時間が過ぎているのでお二方共、かなり酔いがまわっているころである。

「お寛ぎのところ、まことに恐れ入ります。室蘭のWさんの息子さんのことで緊急事態なんですが……」と私は大国主命様に相談しようとした。すると、

「電話を聞いていた。Wの息子の御魂はアポロンだよ」と大国主命様。私はさっそく水発の女神様に連絡をとった。アポロンの御魂の日本人については水発の女神様が守護をするというルールが作られていることを知っていたからである。水発の女神様から答が返ってきた。

「今からヒーリングに行きます」と。そこで私はしなつひこの神に話した。

「北海道に誰かヒーラーを行かせますか」と。

「武雄命とドクター・パレを水発の女神さんの応援に付ける」と神。ここで私は北海道のM子に電話した。

「Wの息子さんの守護神と連絡がとれた。水発の女神様だ。今、水発の女神様が現場に向かった。しなつひこの神のヒーリングチームから、武雄の命とドクター・パレが出動した」と。

M子にWの息子の御魂が本当はアポロンであることは言わないでおいた。M子にはアポロンのことを知らせていなかったからである。緊急事態なので、細かな説明をしている場合ではなかった。M子はすぐにWに連絡した。Wはこの夜の内に病院に向かっていて、まだ息子に

面会していない。息子の事故のことだけを知らされていたのである。

翌日、3月3日（火曜日）朝、武雄の命から連絡が入った。武雄の命の親神は水発の女神である。

「Wの息子は大丈夫。すぐに退院できるだろう」と。

「致命傷は無いか」と私。

「打撲の衝撃が強くて気を失っているけれども命に別状はない」と武雄の命。

「水発の女神様は、病院に戻る?」と私。

「うん。いっしょにヒーリングしてる」と武雄の命。そこで私はM子に電話した。午前11時過ぎにM子からFAXが入った。

「Wさんから連絡有り。夜中の12時半頃、息子さんからWさんに電話が入り、だいぶ楽になったと本人が言ってるそうです。しなつひこの神様、ドクター・パレ、武雄の命様に感謝、感謝です」と。

Wさんは昨夜から病院に付き添っている。おそらく眠っていないだろうと察した。夕方に近くなってようやく電話が入った。

「昨夜、取るものも取らず病院に来まして、息子と私の衣類やら何やら入院に必要な物を買いに外に出てきました。息子は昏睡状態が続いています」と言う。私は息子さんのヒーリングをしている神々の名を言って息子さんの命に別状は無いことを説明した。

3月5日（木曜日）午後8時半頃、WさんからFAXが入った。その文面によると、息子さんの容態は次のようであった。

「痛みは治まり、血液検査は横ばいで、熱も38～37度を前後している。未だ絶対安静の状態で点滴のみしている。昨日（4日）の午後、首の静脈からカテーテルを入れ痛み止めが半分になった。ほとんど眠っていて、便通も無い。9日（月曜日）にCTをとると少しは様子がわかるようですが、今のところ何のメドもたたないようです」

息子さんは数日後、退院した。手術の必要は無かったと言う。

このケースは人間のヒーラーが患者のところに行かずとも、神々のヒーラーたちだけで患者を治すことができることを物語っているが、全ての人々がこのようになるとは限らない。このケースとまったく正反対のことが起こったことがあった。

ヒーリングの申し込み書を見て、その方がアポロンの御魂の人であると分かった時、水発の女神様に連絡した。すると、

「その者のヒーリングは無用」と水発の女神様が私に言ってきた。今年の2月15日、大阪でのでき事だった。アポロンが彼の御魂の日本人について水発の女神様に守護を依頼してあるとは言え、水発の女神様がその全ての人々のヒーリングをするとは限らないのである。

ヒーリングするかどうかについては神々がその基準を設けているらしい。しかし、その基準がそもいかなるものか私は知らない。ヒーリングを申し込んできた患者の内、その半数以上を断ることが続いている。

ヨーロッパで初めて人と化した魂が日本に転生してきて、日本人として生まれ育っても長いヨーロッパでの生活が身に付いていて、なかなか日本に慣れない人々がたくさん居る。そういった人々は日本に祀られている神々のことを知らないし、知ろうともしていない。そういう人々のヒーリングを無条件で許可する神々はいない。

ヨーロッパだけでなく、他の大陸で初めて人と化し、後に日本に生まれた人々も大変多い。その人々も日本に祀られている神々を知っているかどうか、それが大問題である。

二ノ三　極楽浄土への道

桜の花が咲き、空気は清々しく、透き通った青空の下、人々は皆楽しそうに話をしている。戦争も競争もなく犯罪もない世界、そこを極楽浄土と仏教界では言う。英語ではヘブンと呼ばれている世界。ヘブンを邦訳すれば天国のことである。人が肉体を失って死ぬと魂はその極楽浄土、ヘブン（天国）へ行くと信じられている。

その世界に行ってきたと言う霊が、

「美しい世界ではあるが、何もすることがなくて一週間も居たら飽きた」と言う。

「それで、あなたは極楽浄土から出て、又もと居た娑婆に戻ってきた？」と私。

「人間社会にはまだすべきことがいっぱいある。もう一度人に転生したら、世のため、人のためになる仕事をしたい」と霊は言った。

高御蔵はいざな気の神が作った神界のことだが、そこは地球と月との中間にあって、地球がすぐそばに見える神界のことである。物質的世界ではないから、肉体を持っていない者に見える世界である。同じような次元の神界が極楽浄土（天国）だが、それは八大龍王が作ったバーチャルリアリティの世界だ。

仏教は八大龍王が作った。人間界の理想社会とはどのような事態を考えられるかと八大龍王は想像した。仏教は西方、すなわちインドのカシミール地方からやってきた。その方向を人々は拝む。そこで人々が拝む方向に西方浄土があるに違いないと皆思うようになった。それで八大龍王は西方に極楽浄土という別世界を創造した。

2014年9月14日(日曜日)早朝、和歌山市の読者から電話が入った。

「主人の母が昨夜、容態が悪くなって入院しました。頭がものすごく痛むと言ってます。先生、遠隔ヒーリングお願いできませんでしょうか」と言う。

「遠隔ヒーリングは本来、あり得ません。その患者さんの守護神がしている仕事なんです。御主人の御母上の名前をフルネームで、それと生年月日、住所を教えて下さい。後ほどこの人の守護神にどうするか相談してみましょう」と私は言っていったん電話を切った。その人の守護神は八大龍王で、御魂は八大龍王だった。

「もう85才だし、神界に戻らないとならないのでヒーリングは無用」と八大龍王。私は読者に電話をして、御主人の母上の御魂が八大龍王で、その八大龍王がヒーリング無用と言っていることを伝えた。

「母は八大龍王の魂なんですか。道理で強い人なはずですわ。昨日も午後いっぱい仕事をしてたそうです。会社の役員、それも現役なんです。それで突然倒れてしまって、会社が大変困るんです。主人が今、病院に行ってますので、帰ってきたら、先生の話、伝えます」と彼女。

「今月17日に北海道に行きます。セミナーを企画してますので、23日に帰宅予定です。その後、和歌山でヒーリングを受け付ける予定になってますから、もし、その時に御母上のヒーリングをする機会があったら、ヒーリングしましょう」と私は言った。

「母はこの近くにあるお寺さんの出身で、この家に嫁に来たのですが、コチコチの仏教徒なんです。先生を受け入れるかどうか分かりません。主人と相談します」と彼女は言った。

私は北海道から帰宅した翌日、和歌山に電話を入れた。患者が発症してからすでに十日が経過している。その人が生きているかどうかが問題である。

「母は和歌山市内にある最大の病院に入院してまして、病名は髄膜炎だそうです。主人と代わります」と言う。

「先生、母のヒーリング頼みます。苦しんで逝くより、安らかに息を引き取れるように、ヒーリングを頼みます。今度先生が和歌山に来る時、10月3日ではどうでしょうか」と御主人は言った。

「わかりました」と私は言って電話を終わった。

髄膜は脳液が漏れないように頭骨のすぐ内側にある膜である。これが壊れると、脳液が漏れ出て体内に入り込んでくる。脳脊髄液減少症と似ている。しかし、骨が壊れているのとは違う。炎症を起こしているのはあくまで髄膜である。つまり髄膜の破れを修復できれば良いことになる。そこで私はしなつひこの神に相談した。しなつひこの神は、

「何とか修理できるのではなかろうか」という答だった。

10月3日、患者が発症してから20日目、私は読者御夫婦の車で病院の病室に案内された。一通りのチャクラヒーリングを終えて、病室を後にする時、患者は美しい寝顔ですやすやと眠っていた。

和歌山と大阪でのヒーリングを終り、私は自宅でいつもの専業主夫になっていた。

10月12日（日曜日）朝、八大龍王に叩き起こされた。和歌山のコチコチの仏教徒といっしょだと言う。その仏教徒が私に話しかけてきた。

「先日は、病院でヒーリングしていただきありがとうございました。あの日以来、頭痛が無くなって、ずっと寝ているような状態が続いてました。死んだと思った時、神様が迎えに来てくれて、この世には神様が居るんだと初めて知りました」と言う。

「その神様は八大龍王と言いまして、この神様は仏教を作った神様なんです」と私。

「えっ。仏教を作った神様がいるんですか」と彼女は大変びっくりして言った。

「はい、そうなんです。その八大龍王の魂の一部があなた様なんです」と私。

「えっ、私の魂が八大龍王ですって？　それどういうことですか」と彼女。

「魂とは何かということについて、八大龍王、つまりあなたの守護神が一番良く知ってますので、その質問は八大龍王に言ってください」と私は言って、とりあえずコップ二つを神棚に供えた。そのコップの前にとりあえず日本酒を二つお供えした。しばらくして老仏教徒がまた私に話しかけてきた。

「神様がほんとに居るってことと魂があるということがよく分かりました。私、死んだら極楽浄土へ行くと思ってましたので、西へ西へと来ましたら、ここへ来ちゃいました。ここは極楽浄土じゃなくて、あなたの家なんですね」と。

「人間、死んだらとりあえず行くべき場所は大国主命様のところ、出雲なんです。そこへ行って、死んだことの手続き報告をします。大国主命様は人間の魂の管理者でして、別名、幽界《かくりよ》の大君と呼ばれています。今、まだ午前中で大国主命様は大変お忙しいですので昼過ぎたらここへ大国主命様に来ていただいてあなたをお迎えすることにしましょう。ところで魂の何たるかについてあなたの守護神から教えてもらったと思いますが、あなたは肉体を失なっても、生前の姿のまま、今ここに居るでしょ。ライト・ボディと言いますがね」と私。

「私、死んでないんですねー。肉体は死んだんですけど、今、私、手も足も体もあるわー。びっくりしてんの」と彼女は言う。

「残された御家族に何かお伝えすること有りますか」と私。

「何も有りません。息子の虚弱体質のことがずっと気がかりでした。嫁はとってもすばらしくて息子にはもったいないような人で、安心してました。先日、あなたが息子の虚弱体質の原因を見つけてくださり、それが前生が原因だったと分かり、自分のせいじゃなかったんだと思ってやっと安心できました。人間って、何度も生まれ変わるんですね。そのことを知って、とってもびっくりしました」

と老仏教徒は言った。

「死んだら極楽浄土に行くんじゃなくて、大国主命様の幽界に入り、そこで今生の浄化を行ない、次の人生の準備に入るんです。それが人間界のルールです」と私。

「そういうルールになっていることをまったく知らずに人生をやってました。びっくりしてます」と彼女。私は八大龍王に尋ねた。

「この人、前はどういう人生だった？」と。

「うん、この者、今生は2回目の人生だった。最初は江戸時代に生まれ、和歌山県の田辺市で商家の息子だった。そのままその商家の後とりとして商いをして人生を終った。今生は寺で生まれたのだが、女子として生まれたんで、嫁に出ざるを得なかった。嫁入り先が又、商家だった。商才があるやつだ」と八大龍王が言う。

昼過ぎて大国主命様来宅。

「和歌山のばあさん、くによしの家に来てたか？」と神。神棚にコップを一つ置く。大国主命様が老仏教徒にやさしく話しかけた。

「うちに、あなたの友人たちがいて、あなたが来るのを待っているよ」と。

「まあ〜、うれしい。そこへ行きたい！」と老女。そのまま大国主命様と話しているようだった。その間に、私は和歌山に電話を入れた。

「社葬ということに決まりました。本葬は10月16日（木曜日）和歌山市の西本願寺になり

ます」と情報が入った。息子さんと私との電話の内容を聞いていた老女が、

「私、自分の葬儀になんか興味がないわー、それより、友だちが待っていてくれるので出雲に早く行きたい」と言う。私は大国主命様に、

「どうする？」と聞いた。

「うん、まだ手続きも終わってないから、これから出雲に行って、諸手続きをさせることにしよう」と言って、我が家から神々が消えた。老女といっしょに。

二ノ四　魂の浄化

２０１４年12月１日（月曜日）朝から暴風雨で一歩も外出できない。しかも午後から外気温が下がり続け寒さが押し寄せてきた。

午後４時30分、ＦＡＸが一通入った。明窓出版の麻生編集長からの一文だった。

お世話になっております。

突然の訃報ですが、増本が急逝しました。

ここ1年くらい体調が悪く、この2ヶ月ほどは自宅療養をしていたのですが、心不全で逝きました。

最後は安らかでしたから、今は光の世界で楽しくしていると思います。その後の様子など、もし分かりましたら、またお知らせください。

池田先生のご本はノストラダムスシリーズから始まり、あしたの世界、神様のシリーズと、たくさん発刊できて、社長もとても喜んでいました。

池田先生にお会いできた時は、とても楽しそうで、たくさん学べたことと思います。

今後は私が引き継ぎまして、会社を盛り上げて参りますので、変わらぬご愛顧を賜りますようお願いいたします。

麻生

父からの深い感謝をお伝えいたします。

目に涙が溢れ、零《こぼ》れそう。

「なんで、電話しなかったんだ〜。いつでもヒーリングに行ったのに。飛行機代なんてどうでもいいのに」と心の中で言った。明窓出版の社長は83才を少し越えていたはずである。

「長生きすればいいいってもんじゃないよ」と増本社長が言った。びっくりして、

「いつ来たの？」と私。泣いている場合ではない。涙が引っ込んだ。

「娘が先生にFAXの文章を作っているところを見ていた。そのFAXがどこに届くか見ていたら、この家に到着した。そのFAXといっしょに今、ここに来た」と社長。

「魂が肉体を離れると、その意識体は自由自在にどこにでも行けますよネ」と私。

「ぼくはこの若松（現在は北九州市若松区となっている）の出身でここら辺りのことはよく知ってるし、先生の住所も予め知っていて、ここのことも、だいたいどんな所か、分かってたから来やすかったよ」と社長。

「なるほど、なるほど、で〜、誰か神様といっしょ？」と私
「ひとりで来れたよ」と社長。この日は朝から誰も神様が来ていなくて、増本社長が一番乗りである。神棚の中央に水を満たしたコップを一つ置く。すると、

「先生の本に度々登場している20度の焼酎とはどんなもん？」と社長が質問した。そこで私はその焼酎を小さなグラスになみなみと注いでコップの前に供えた。

「きついな〜。20度とは言ってもやっぱり焼酎だよな〜」と言う。

「そうでしょ。私もこのままでは飲めないのでお湯割りで飲むんです。お湯割りに作り変えましょうか」と私。

「いや、それは必要ないよ」と社長。ここで私は明窓出版に電話した。麻生編集長が電話に出てくれた。

「今、社長がお見えになってまして、さっそく焼酎をお供えしたところです」と私。

「父が焼酎飲んでるところ見たことないんですけど。いつもビールです」と言う。そこで、いったん電話を切って、神棚にビールをお供えした。

「焼酎、お下げしましょうか」と私。

「や〜、これはおいといてくれ」と社長。ビールのおつまみに「高菜のお漬物、京菜のお漬物、自家製のカブの浅漬、明太子、数の子入り松前漬」の5種類を神棚に供えた。

「さすが〜。いつも神様たちにこうやってんだな〜。本に書いてあること、本当のことだったんだ〜」と社長。

「神様がいつ、何時《なんどき》お見えになってもよいよう常備してあるんです」と私。

「うまいな〜。こういうの内では出してくれないんだよな〜。ほんとは大好物でね〜。

州の高菜はやっぱりうまいよな～」と社長。増本社長との長いおつき合いをしている中で会食をしたことが一度も無かった。私が東京で仕事をしていた頃も、互に忙しすぎた。それで社長の好みを私は知らないままにこの日を迎えることになった。初めての接待である。そもそも増本社長を招介してくれたのは人間ではなかった。大国主命様だった。大国主命は私の守護神であるのと同時に増本社長の守護神でもある。増本社長の御魂は大国主命なのである。そのことについて、私は増本社長に伝えてあった。その大国主命が今日はなかなかお見えにならない。テレパシーで大国主命様に、

「明窓出版の増本社長が今、我が家におひとりで見えてまして、神様は何時頃来れそうですか」と伝えると、

「もう少し待っててくれ」と返事。しかたないので一対一でお相手することにした。一ヶ月前にでき上ったばかりの新著『神様といっしょ』を神棚に置いてみた。

「あっ、知らなかった。本ができ上っていたんだ」と社長は言ってその本を読み始めた。少し間を置いてから、

「御家族に何か言い残すことはありますか？」と私は社長に言った。社長は本を読みながらも、

「特に言い残すことはない。必要なことは全部言っといたから。ただ……」

「ただ何？」と私。

「娘のウェディング・ドレスの姿を見ることができなくて、残念、それだけ」と言って又、本を読み続けている。ここで再度、明窓出版に電話を入れると、すぐ編集長が電話に出てくれた。

「社長が言うには、娘のウェディング姿を見たかったが、それがなくて残念と。言い残すのはそれだけだそうです」と私。編集長がからから笑っている。

「それは残念、残念でしたね」といってまた笑っている。そこで電話をいったん切った。

「もうちっと悲しそうな素ぶりでもしてみてほしいよなー。つめて〜じゃネェカ」と社長。

今度は私が笑い出した。この話は取り次ぐのを遠慮した。

「先生、とうとう難病患者のヒーリングにまで到達したな。それにしてもすごいや。神様といっしょのパート2書いてよ」と社長。

「その話、ちょっと待った。今でき上った本の売れ行き状態を見てから続編を書くことにしましょう」と私。

「あっ、それはそうだな。アッハッハ」と社長。まだ社長をやってる気分らしい。現役の時のくせがまだ抜けていない。次から次と原稿を要求してくる。売れるかどうか分からないのに。

午後5時少し過ぎて土の神が来宅。この神様はいざな気神の分神であるが伊勢下宮の別宮に祀られている。

「大国主から連絡有って、増本がくによしの家に一人で来たと言う。増本の父親の御魂はワシでな、その父親は伊勢で神業中の身なんで父親になりかわってワシが来た」と言う。新しいコップに水を満たして増本社長の左隣りに置いた。お神酒は日本酒である。いつもの通りだ。次に天照皇大御神が来宅。

「大国主から連絡あった。増本社長の母は熊野奇霊命《くまのくしひのみこと》の御魂分けであるが、本日忙し過ぎてここへ来れないとのこと。ワシが母親役を勤めることになった」と言う。専用のコップを増本社長のコップの右隣りに置き、土の神と同じ日本酒をお供えする。熊野奇霊命様は天照皇大御神の分神で、東京では亀戸天神社の祭神である。増本社長の御母上は亀戸天神社で神業中だった。増本社長の御両親がまずそろった恰好である。

「社長、酢ダコはどう?」と私。

「いいね〜」と返事。広口ビンの中に酢漬しておいたタコを冷蔵庫から取り出して食べ安い大きさに切って供える。

午後5時半、大那牟遅神《おおなむちのかみ》が来宅。

「今日はローマから帰国?」と私。ローマ法王フランシスコの魂が大那牟遅神なので、よくヴァチカンに行っているのでこの質問になっている。

「ローマ法王の守護については自分がいちいちローマに行かなくてもいいようにシステムを構築しといた」と言う。焼酎をお供えする。長野県のいとこが送ってくれたマスの甘露煮とワカサギの空揚をお供え。これは諏訪湖の近くの名店の品である。社長が、

「うまいなー」と言う。神々が次々に来ているのだが、社長はまだそのことに気づいていない。生前の人間としての意識体のままなのである。亡くなってから大国主命と接してないのでこんな状態である。

この日の数日前、千葉県の君津市在住の読者がヒーリングを受けに北九州市に来た。その時、手みやげに千葉県産の殻付ピーナッツをどっさり持って来た。これをお供えにしようと思って殻を壊しにかかった。すると、

「ぼくは殻付きのままの方が好きなんだ」と社長が言ったので、手を休めて殻付きのままお皿に盛ってお供えした。

神巧皇后来宅。全国三万社を超える八幡社の祭神である。この日は天照皇大御神と打合せと言う。天照皇大御神の右隣りに新しいコップをお供え。御神酒は日本酒である。

次にいざな気神来宅。天照皇大御神と打ち合わせと言う。専用のコップを置き、焼酎をお供えする。

さらに木の神が来宅。今度は私に用事だった。専用のコップに新しい水を満たして神棚に置き焼酎をお供え。コップの数が6個になっている。大国主命だけが遅れている。外気温がどんどん下がって真冬の真只中に置かれている。こんな日のお供えは「おでん」が良い。その準備にとりかかった。

午後6時50分、ようやく大国主命来宅。すぐに2階の会議室に増本社長と共に入った。「ほっ」と一安心である。あとは大国主命に任かせた。しばらくして大国主命が増本社長の波動を修正した。すると社長の目に神々の姿が見えるようになった。生前の増本社長の意識体が変化し、魂が神界のレベル（次元）に入ったのである。本来、この次元になってから我が家に入ってほしかったのであるが、何か手違いがあったようだ。私は増本社長の自宅に電話した。初めに奥様が電話に出たがすぐに麻生編集長に代わった。

「葬儀、本葬の日時はいつか」と私。

「何もしません。遺言ですから」と言う。

私はいったん電話を切った。どうして今日の事態になっているか悟った。社長は生前から葬儀、いっさいをしないことを遺言していたのである。つまり社長はお通夜をやってないのである。そのため、今日がお通夜の日となっている。

午後8時、大国主命と増本社長とが打ち合わせを終って会議室から出てきた。

「ワーッ。神様がいっぱい。まぶしいー」と言う。

「すぐ慣れますよ」と私。その時、大国主命が私に言った。

「明日、2日の未明に増本は出雲入りし、3日間のガイダンスを行う」と。

「社長！　すばらしい本を次々に出版してくれてありがとう」と天照皇大御神が増本社長に声をかけた。他の神々も次々に増本社長におほめの言葉をかける。すばらしいお通夜になっている。道理でおぼうさんもお経もいらないわけだ、と私は心の中で思った。

「ノストラダムスの預言書を出版し続けてくれてありがとう。大変参考になりました」といざな気神が増本社長に話しかけた。

「神々の話、出版してくれてありがとう。お陰で神々と人々との距離が縮まったよ」と木の神が言った。増本社長、大変恐縮して、

「本を出版することが使命で生まれてきましたので、それをやりとげられて本望です。何も言い残すことはありません」と神々に報告している。準備しておいたおでんを神棚用の食器に盛り、その下に小さなホットプレートを置いて供えた。器の中味は、大根、卵、しらたき、こんにゃく、ゴボウ巻きのさつま揚げ、こんぶ巻である。何も入っていない取り皿にカラシを少し置く。

午後9時、しなつひこの神来宅。いつもよりだいぶ遅い到着である。さっそくいつもの焼酎をお供え。

「くによし、7日のヒーリングはワシが担当する」と一言。12月7日は佐賀県で五人のヒーリング依頼が来ていた。

「今日は明窓出版の増本社長がお見えになってます」と私はしなつひこの神に言った。

「何?」……「あっそうか」と神。しなつひこの神が気づいて増本社長と何か話し出した。しばらくして社長が言った。

「今日はブレナン博士は居ないの?」と。

「今日はブレナン博士はヒーリング中」と私。社長がブレナン博士に会いたいらしいと私は感じた。ここでステレオで音楽を流そうと私はなんとなく思った。最初はヘンリー・マンシーニ・オーケストラによる「刑事コロンボ」のテーマ曲。お通夜でこんな曲流したら「おまえ、バカか」としかられるに違いない。しかし、増本社長は大喜びである。一日の仕事を終った深夜に「刑事コロンボ」のテレビを見ていたに違いない。二曲目以下はパーシー・フェイス・オーケストラの名曲である。「夏の日の恋」「魅惑のワルツ」「ムーラン・ルージュの歌」と続き「枯葉」「男と女」などなど。その一つ一つに増本社長が大喜びしている様子を感じた。

夜、10時15分、ブレナン博士が来宅。しなつひこの神に呼ばれたと言う。ヒーリング中のところ中断して来てくれた。御酒はと聞くと、仕事中につき何もいらないと言う。博士と社長は初対面だった。二人が何か話し始めたので、私は寝室に行って横になった。

翌日朝、目覚めると神々は誰も居なかった。家の中がシーンと静まり返っている。増本社長は出雲大社に入ったに違いない。その出雲に意識を集中すると、

「増本、よくやった～。増本、りっぱな本出してくれてありがとう～」と社長の友人たちが増本社長に声を掛けているのが分かった。昼を少し過ぎて大国主命がテレパシーで連絡してきた。

「本日夕方から増本社長の大歓迎会を行うことになった。場所は玉造温泉の大ホテル宴会

場」と。

12月3日（水曜日）朝、大国主命から連絡。

本日はアメリカに行って自分の御魂の人を迎えに行くのでくによしの家には行けない。増本は本日と明日とは神界に居る時のマナー等、ガイダンスを受けるが、既に霊界、神界のことはよく知っているようだ。あまり時間はかからないだろう。増本は温泉にでも入れてゆっくり休ませることが浄化になりそうだ。働き過ぎていてあまり遊びがなかったようだ。一般の人々と同じにしないほうがよさそうだ、と言ってきた。

ところが増本社長はすぐ仲間の居る霊界へ入ることを望んだ。あくまで気まじめな男である。

その後、12月31日夜と元旦夜にも我が家へ増本社長が来た。その時はいつも大国主命の後ろから付人のようにして来宅していた。亡くなって一ヶ月ほどで外出を許されている男である。大変珍しい事である。

二ノ五　引越の途中で

２０１５年1月31日（土曜日）早朝から誰か知らない方が我が家に居る気配を感じた。

「どなたか神様が来てるんでしょうか」と私はその見えない存在に問いかけた。

「まだ神にはなってない」と言う。

「輪廻転生中の魂？」

「それは終った」とその存在は言った。どうやら男性らしい。

「魂だけになっている存在が朝早くから我が家に来ることはめったにない。朝は神社でお勤めがあるはずだからね」と私は台所で朝の支度をしながら言った。

「生前のお名前は？」と私。しかしこの霊は自身の名を明かそうとはしなかった。

「私のこの家には初めて来たはず。誰か神様に案内されなければ来られませんでしょ。どの神様に連れてこられたんですか」と私は誘導尋問を開始した。生前の名を名乗りたくない霊に対してはいつもそうするように。

「しなつひこの神」とその霊は言った。

「そうすると今日は伊勢から来たんですね」と私。

「これから伊勢に行く途中」

「て〜、ことは、どっから来たの？」と私。

「出雲から」とその霊は言った。

「なるほど、出雲を出て伊勢に行く途中にここへ立ち寄ったということか。つまり、出雲での浄化が終ったところね」と私。しなつひこの神がこんな事をするのは初めてだった。通常、神々は出雲の霊界から出る魂を迎える場合、まっすぐに自分の神社に連れていくものである。

「私に何か用事がある？」

「用事は無い」

「私に用事が無いのにどうしてここに居るの？」と私は追求の手を緩めない。

「昨日の夜、しなつひこの神が迎えに来てくれた。そのまま伊勢に行くと思っていた。ところがしなつひこ神が自分に一冊本を手渡した。『神様といっしょ』という本でその場で読んだ。非常にびっくりした。池田君がすばらしいヒーラーになってるんだね」

「今、池田君と言ったね。私のことを池田君と言える人はあまり居ないんだけど、あなたと私とはどういう関係？」

「ともだち」と彼は言った。

「あなた、何年前に出雲に入ったのか知らないけど、きのうまで出雲に居た私の友人のことは大国主命様から聞いてないよ。大国主命様は私の守護神なんで私の友人のことは予め教えておいてくれるよ」と私。

「昔、いっしょに仕事をしたことがある」と霊は言った。

「へェ〜、建築の仕事をいっしょにした？」

「建築の仕事じゃない」

「あなたはそもそもどういう仕事をしてた人？」と私。

「ず〜っと物理学者だった」

「私、物理学者の友人はいないよ」と私は言ってしばらく考え込んでしまった。

「ひょっとして深野一幸かな？」

「うん」

深野一幸は大学の先輩でしかも専攻学科がまったく違うので在学中はもちろん1990年代後半まで一度も会ったことが無かった。友人とは違う。しかし、講演会をいっしょにしたことがあった。

「17年間、出雲に居たんですね。長かったですね」と私。答は無い。肉体を失なうと時間も無くなってしまうので17年間が長いか短かいか彼には分らないのだろう。深野一幸氏は物理学者であったがノストラダムスの預言書に大変興味を持っていて自身の本の中で私とノストラダムスのことを書いていた。

「私の本を読んでヒーリングのことに興味を持ったんですか」と私。

「全然興味ない」と先輩。

「ノストラダムスの研究家であったはずの池田君がすごいヒーラーになっている。そのことに大変びっくりしたんだ。そうしたら、しなつひこの神がこの家に連れてきたんだ」と彼は言った。つまり、本人の意志でここへ来たのではなくて、しなつひこの神が深野一幸氏を連れてきたたと分かった。

「深野さん、さっき輪廻転生は終わったと言ってましたが、前生では何してたんですか」

生前、この先輩のことを「深野さん」と私は呼んでいた。その深野さんは私を「池田君」と呼んだ。その生前の口調になってきている。

「僕はティア・ウーバ星人だった」

「ということは、地球人として生まれてきたのは今回が初めて？」

「うん」

「ノストラダムス、ここに呼びましょうか」

「うん」

「ノス、ちょっと来てくれないか、深野一幸がここに来てるんだ」と私はノストラダムスに声をかけた。まるで隣の部屋にでも居るような話し方だ。この時、ノストラダムスは伊勢に居て、他のヒーラーたちと会議中だった。しばらくして、ノストラダムスが我が家に入った。神棚に彼専用のコップを置いた。

「紅茶かコーヒーかどっちがいい」と私。

「今日は紅茶がいいな」とノストラダムス。熱い紅茶を神棚に供え、その横に会議用のお菓子を少し置いた。

「深野さんとお話ししてる？」と私はノストラダムスに声をかけた。

「深野は声を出せないようだ。自分を見てびっくりしてる。話ができないね」とノストラダムスは言った。次に武雄命が来宅。深野一幸の本のことを彼は知っていて、会いに来た。ところが深野氏は話ができない。ノストラダムスと武雄命はヒーリングの会議に入った。次に山本勘介軍師、バーバラ・アン・ブレナン博士が来宅し、ヒーリングの会議に加わった。伊勢でしていた会議が我が家に移ったようだ。

夕方に天照皇大御神様としなつひこの神来宅。いつものように御神酒と夕食のお供えの準備にかかった。続いて火明り命、火須勢利命《ほすせりのみこと》、大国主命、白山姫神、しなと女神《めのかみ》、中村天風先生来宅。神棚にコップが12個ずらっと並ぶ。

深野さん、びっくり仰天してて、声がない。

未明、しなつひこの神としなと女神に連れられて、深野一幸氏は無事に伊勢に入った。

増本社長と深野一幸、この二人の我が家での反応は正反対だった。社長は我が家で「楽しんでいたし、神々に祝福され続けた」。深野さんは「びっくりして声もだせない」。この差は何が原因だったのだろうか。

4月19日（日曜日）午後9時半にしなつひこの神が来宅して、

「今日夕方、深野一幸がヒーリングについて興味を示した。びっくりしたよ！　それで5月10日の嬉野《うれしの》におけるくによしのヒーリングの現場を見学させることにした」と言ってきた。私の方がもっとびっくり仰天である。1月31日に我が家に来たときにはヒーリングについてはまったく興味が無いと言った人だったからである。

その後、大阪でのヒーリング現場にも現れ、その後の東京でのヒーリングではヒーラーとして参加してきた。

（嬉野は佐賀県の嬉野市のこと）

第三章　読者からのヒーリング依頼

三ノ一　アトピーの患者

２０１４年10月16日（木曜日）夕方、我が家の電話が鳴った。その時、私は台所に立って夕食の準備中だった。とりあえず、調理の手を止めて電話に出た。相手は小倉在住の若い女性だった。

「池田先生のお宅でしょうか」と。

「はい、そうです」と私。

「先生、まだヒーリングというお仕事をしておられますのでしょうか」

「はい、続けております」

「東京のどこへ行けば、治療を受けられますか」

「私も小倉に住んでまして、わざわざ東京へ行かなくても、そちらに行きますが」と私。

「え、そんな近くに住んでらっしゃるのですか。先生は埼玉県に住んでおられるのでしょ」

「２００６年の6月1日に北九州市に引越しました」

「え～っ！　２００６年、そんな前にここへ？」

「はい、そうです。あなたの家はどちらですか」

「小倉北区です。先生は？」

「私、小倉南区の下貫《しもぬき》に住んでまして、貫山の下になります」

「貫川はホタルで有名なところですが、その貫川の近くですか」

「はい、その通りです。貫川の両側が下貫です」

「そうすると、先生の御自宅に行けばヒーリングして下さるのでしょうか。それとも診療所かどこかへ行けばよいのでしょうか」

「我が家、ヒーリングの部屋はありません。小さな家ですから。診療所も作ってません。私、ヒーリングはその患者の家に行く主義でして、動けない患者さんが多いですから。あなたの御自宅に行きますけど、何か困りますか」

「困らないのですが、あまりの事にびっくりしてます。先生は東京でお仕事してるとばっかり思ってましたので」

「どうしてそう思ったんですか」

「手元に先生の本を持ってます。『あしたの世界　P・4』です。この本、北九州市立図書館で見つけました。この本の中にアトピーをヒーリングしている場面があるのですが、私子供の頃からずっとアトピー性皮膚炎で困ってます。治していただけますでしょうか」

「いいとも～」

「先生、御都合はいかがでしょうか？」

「いつでもいいですよ。すぐそばですから。車で行きますが20分位でしょう。駐車場有りますか」

「はい、家のすぐそばにレストランがあってその駐車場に入れて下さい」

「あなたの都合の良い日は？」と私。

「今週ですと土曜日（18日）の午後が良いのですが」

「では午後1時にお伺いしますが、どうでしょう」

「よろしくお願いします」

「それでは、お名前、フルネームで、そしてふり仮名をふっておいて下さい。生年月日と詳しい住所、連絡方、病気の症状を詳しく書いて、ＦＡＸして下さい」と私。

「我が家にＦＡＸは置いてませんが、隣の実家にありますので、後ほどＦＡＸさせていただきます」

「ところで、どうして我が家の電話番号を知ってるんですか、この電話番号は公開してません。ＮＴＴに問い合わせしても教えてくれないですよ」

「インターネットで池田邦吉を検索しましたら、池袋の東京芸術劇場でのセミナーのお知らせというのがあって、申し込み先のＦＡＸ番号が書いてありました。そのＦＡＸ番号に電話してみましたら、繋がりました。

「大変よくわかりました。ではＦＡＸをお待ちしてます」と私は言って、いったん電話を切った。

右文章中、『あしたの世界　Ｐ・４』は私がまだ埼玉県狭山市に住んでいる頃（２００５年の秋）に書いた原稿で、出版されたのは翌年の5月1日である。その日もまだ狭山市に住んでいた。２００6年の6月1日に九州に引越した時、でき上ったばかりのこの本が大量に自分の部屋に在庫してあり、何冊かを北九州市立図書館に寄贈した。その内の一冊をこの患者が借りて読んでいる最中である。寄贈してから8年以上の歳月が過ぎ去っていた。'06年以降、'08年には『光のシャワー』、'12年には『神様がいるぞ！』その翌年には続編が明窓出版から出版されていたがこの患者はそのことを知らないでいた。私がまだ埼玉県に住んでいるとばかり思っていたのである。福岡県はどういうわけか私の読者が多くて、北九州市に来てからたくさんのセミナーを繰り広げていた。ところがこの患者はそのことすら知らなかった。セミナーの会場はこの患者がお勤めしている会社のすぐそばだったし、私の本を売っている書店は会社のすぐそばにあるのに、この人は図書館で私の本をみつけたのだと言う。

私の家の電話番号をインターネットで見つけたと言う。前代未聞の出来事だった。通常読者は、明窓出版に電話をして私の住所と電話番号を問い合わせる。そこから私と読者との関係が始まる。つまり、それは読者でない人のヒーリングは受け付けないという私の意志なのである。誰が私の講演会をブログに入力したのかという事についてはおおよそ見当がついた。そのヒントはヒーリングを申し込んできたアトピーの患者と私との電話の中にある。池袋の講演会のことである。それは２０１３年６月27日の話で、この講演会に興味を示してくれた友人がいる。その人はサトルエネルギー学会の事務局長をしている鈴木俊輔氏でそのブログを見て講演会に来た人が数人居た。ありがたいことである。しかし２０１３年のデータが今だに残っていることにびっくりした。

さて、患者が図書館で見つけた本、数万冊はある書架の中からたった一冊しかない私の本の中のヒーリングの様子は以下のようである。

化学物質過敏症

私の遠戚に当たる方のご子息がアトピー性皮膚炎で困っているという情報をいただいたのは'04年の残暑厳しい頃だった。私はその方の名前をずっと前から人づてに聞いてはいたが、直接お会いする機会はなかったと思う。『あしたの世界』が出版された時。その遠戚に当たる方のご友人の方が、私の本を本屋で見つけて読んでくれたことがきっかけになって、私の存在がその方の意識に上ったらしい。私はその本に木曽谷の伯父のことを書いた。その方は読み進むうち、本の著者たる「池田」姓は木曽の池田さんと関係あるらしいとわかってきた。そこでその方は上松の池田家に連絡をとって私のことを確認した。その結果本のことは事実であることが判った。私と遠戚の方との交流はそこから始まった。本が取りもつ仲というべきであろう。その本の中に手翳しのヒーリングのことをほんの少しだけ書いていたが、そこに注目いただいた。

10月にご子息のアトピーの話を聞いたので「きっと治ります」と私は言った。その方は東京に住んでおられた。アトピー性皮膚炎はそれ以前に数度ヒーリングで治していたので、自信があった。

東京の真中のそのご自宅にたずねていくとご主人が仕事を早々に切り上げて帰ってこられた。不思議な療法を見たいようだった。ご子息は「化学物質過敏症」と診断されすでに会社を辞めておられた。顔を人に見られたくないという事情もおありだったようだが、何といっても勤めていた会社が化学物質製造会社だった。アトピーの原因は会社だった。ただ、そうした会社でも、皮膚炎が起こらない人々も居るので、その人固有の症状であるらしかった。聞いてみると、親戚ご一同とご家族に同様の症状を持っている人はいないとのことだった。従って遺伝ではないことが明らかである。

ご子息が痒いと訴える部分を全て手翳しをして最後に背中側に回り込んだ。胃の後ろをヒーリングした。そこは痒いと訴えていないところである。胃の後ろには脾臓や膵臓がある。それは非常に小さな臓器であるがおそらく皮膚炎を起こす原因がそこにあると思える。背後からその周辺に手翳しをすると一ヶ所、手のひらが熱く反応するのでそれとわかる。しかもそれは非常に小さな部分だと感じることができる。患者側の反応は「気持ちが良い」とか「温かい」ということに尽きるが同時に眠くなって目はトローンとしている。交感神経の働きは引っ込み、反対に副交感神経が働き始めて免疫力が上がっているのである。

ヒーリングをしている間、私とご子息を見続けておられたご両親は私のヒーリングパワーをずっと感じておられた。ご子息から溢れ出たエネルギーが部屋中を満たしていったからである。それによってご両親の隠れた疾患もヒーリングされてしまう。

一時間と少しヒーリングしてその日は終った。数日後、アトピーが著しく小さくなってきたという報告を聞いた。そしてもう一度、ちょうど一週間後にヒーリングに行って治療は終った。

アトピーに関してのヒーリングはこのように非常に短時間で終ってしまう。病院通いでは一年以上経過しても決して治らない症状があっという間に改善へと向かうのである。これはヒーリングパワーによって免疫力が飛躍的に向上し、急激に症状が改善されることを物語っている。しかも副作用は勿論ないのである。

我々は今、四六時中化学物質の恩恵の下にある。それらが存在しない世界や、その影響から逃れて生きていくことは不可能と思える。化学物質は人体に悪影響を及ぼす物と及ぼさない物がある。毒になるものと毒にならない物がある。毒になる物質というのはそれが作られた後に、多くの人々がその犠牲になってから「これは人体にとって有害だ」と理解されることが多い。単体では無害であっても複数の化学物質が人体に悪影響を及ぼすことはよく知られている。その典型例がシックハウスである。カーテンや絨毯、家具、合板などの建材類、それらから発生する様々な化学物質が人体に悪影響を及ぼしている。まさに複合汚染である。薬も例外ではない。それらは多く化学物質による合成薬品である。自然界に存在する植物などに含まれる物質は問題ないと考えられるが、似たような物質を化学的に合成した薬品は問題が多い。つまり副作用がある。

この本文の中で私は「アトピー」という症状を「化学物質過敏症」と表現している。電話をしてきた小倉北区の女性もその化学物質過敏症なのだろうとかってに思ってヒーリングを軽い気持で受け付けた。

私が要求したFAXは午後6時20分に届いた。40才になったばかりの若さである。FAXによると、

「子供の頃より手にアトピーがあり、大学で東京に行ってから全身に広がった。ずっと皮膚科にてステロイド治療を受ける。」

ここで「子供の頃より」という文がすごく気になった。そこでこの患者さんの守護神に来

てもらうことにした。まず大国主命様に、患者の名前と生年月日、住所を伝える。するとその人の守護神は「建御雷之男神《たけみかずちのおのかみ》」と分かった。その神は先ほどから来宅していて、私と患者との電話でのやりとりをずっと聞いていたのである。建御雷之男神は天照皇大御神の分神である。天孫ににぎの命の降臨時の同伴神だ。さっそく、建御雷之男神に患者の子供の頃、何が原因でアトピーを発症したか質問した。すると神は彼女の過去の時間を遡った。しばらくして、

「小学校の手洗い場にある青い液体石鹸、ハンド・ソープが原因。しかしそれは今でも、どこでも使われている普通のものだ」と神。

「ハンド・ソープが原因？　そんなの聞いたことが無い。でも極く極く少数の人であっても、そんなことが起こるのかもしれません。ともかくヒーリングします」と私は神に言った。

「普段の日に、この娘《こ》がどんな生活をしてどのようにアトピー対策をしているか、18日午前中まで24時間体制で観察することにする」と神は言って我が家から消えた。

10月18日（土曜日）約束した時間に私は患者の家を訪れた。『あしたの世界　P・4』以降に出版した三冊の本を持参した。その三冊は全部ヒーリングについての本である。是非読

んでほしいと思った。

居間に案内された。そこでまずどんな症状か腕をちょっと見せてもらった。表現ができないほど悲惨である。情景を今でも思い出せるが、これ以上は書きたくない思いである。他の部位は推して知るべし。象の皮膚だ。

御家族の方々に見守られてヒーリングは始まった。患者と私とはダイニングチェアに座って向かい合っている。私は右手を自分の肩のあたりまで上げて手の平を患者に向けている。ヒーリングパワーを患者のあらゆる部分に注ぎ込む。このスタイルはブレナン博士の本にはない。しかし、アトピーの患者にはこのスタイルが有効なのである。それは『あしたの世界P・4』で書いたのと同じヒーリングスタイルである。

時々、私は患者に話しかけた。

「普段、どんな食事スタイル？」と。

「お勤めしてますので、昼は外食なんですが駅のお弁当が好きです」

「小倉駅の駅弁、すばらしいです。ヘルシーですよね、最近」と私。時々、椅子から立ち上って、患者の皮膚、衣服で覆われていない部分をチェックする。この行為を何度か繰り返している。

「御家族は同じ町内会に住んでいるんですね」と私。すると母親が答えた。

「娘は不思議な子で、いつまでたっても親のそばを離れないんです。結婚しても隣りに引越してくるんです」と言う。

「お母さんは天照皇大御神様の御魂でしてこの患者さんはその神の分神でしてね、建御雷之男神様の御魂なんです」と私。母親は何の話をしているのか分からない様子で戸惑っている。

「人間ていうのはね。肉体と精神と魂との三身一体の存在なんです。魂は神様のエネルギーの分身でして、魂は常に神と共にあるんです。又、その人の守護神はその魂の出身で分かるんです」と私。今度は母親は何のことか分かったようだ。

「つまり、私の魂は天照皇大御神から来ていて、その〜、伊勢神宮に祭られている神」

「その通りです。患者はその分神なんです」と私は自分の手を患者に向けたまま、顔も患者に向けたままの姿勢で、後にいる母親に言った。

「今度は背中側をヒーリングしますので、座っている向きを変えて、背中を私の方に向けて下さい」と私は患者に言った。今度は背中側のヒーリングに入った。その時、ちょっと母親を見た。顔を真赤にしている。母親が普段意識していなかった事を「ズバッ」と私が言ったんでびっくり仰天しているようすである。

「それじゃ〜私は」とお姉さんが言った。

「あなたの魂はいざな実の神」と私。

「あの〜、昔話に出てくるいざな気、いざな実のこと？」と姉さん。

「そうです。私はお伽話をしてるんじゃないですよ。いざな気、いざな実の神はほんとうに居ますよ。いざな実の神は今、あなたの後に居て、このヒーリングの現場を見学してます」と私。時々、患者の守護神に無言のまま話しかける。

「どうだろうか、背中の皮膚も非常に悪化してると思うけど」と私。

「そのまま続けてくれ、いい線いってる」と神。患者の背中をヒーリングしながら私は患者に言った。

「あなたは人と化して、これが初めての人生経験だそうです。今、あなたは人間とは何か、人間社会とはどんなところかということについて学び始めているんです。御家族の方々はすでに数度、人を体験してますのでみんなあなたの先輩ということになります。周囲の人々はみんなあなたの手本ということになります」と。本人だけでなく、家族の人々がみんな話にびっくりしている。

「こんなことがあるんだ！」と。私にとって初めての人生をしている人のヒーリングは今回ですでに数回に及んでいて、決して珍しいことではなかった。前生が無いので、前の傷は無い。それだけヒーリングは困難はないのである。

1時間30分ほどヒーリングをして、

「今日、一日だけでヒーリングを完成させることができないので、来週もう一度ここへ来たいのですが、その間に今日のヒーリングの効果がどれくらいでるか後ほど確かめたいです」と私は言って、その日のヒーリングを終了した。

家に戻ると、神々は誰もそこに居なかった。聞くと、まだみんな患者の家に居て、ヒーリングを続行中という。いましがた私が患者に入れたヒーリング・パワーを使って、皮膚を治しにかかっている。患者の守護神、建御雷之男神が伊勢から臼井先生を呼んだらしい。臼井先生が患者の症状を見て、研究しているようである。アトピーの重症度について言えば私のこれまでこの種のヒーリングを行ってきた体験上、最悪のケースとは言えない患者なのだが、何か他に原因があるのかもしれない。

三ノ二　神経過敏症

建御雷之男神と臼井先生、それと神倭姫の三神の間でアトピーの患者について、その原因と対処法とを検討する会議が数日続いた。神倭姫命は18日のヒーリングの間ずっと私の背後に居て、波動調整を担当してくれていた。その会議には時々、天照皇大御神が参加していた。

臼井先生の意見は次の二点に集約されていった。

① アトピーの原因はこの人の場合、化学物質によるものではなく、神経過敏による。

② 対処療法は主に食事療法が良い。

ということであった。神経過敏については神々によるオーラ修正と右脳、左脳の神経回路のヒーリングを続行すること、食事療法のメニューは邦吉が次回にヒーリングに行った時に、邦吉が示す、ということになった。具体的な食事メニューについては私と神々との一問一答によって少しずつ明らかになっていった。神々の見解では、患者の消化器管には何ら問題なく、遺伝子の異常も無い。従って皮膚の健康を維持する食事法だけで良いということだった。

皮膚の健康を保つには、

①コラーゲン

②ヒアルロンサン

③セラミド

の三要素が必要であって、①コラーゲンはフカヒレや鳥の手羽先等に多く含まれている。②のヒアルロンサンはサプリメントで市販されている。③のセラミドはこんにゃくに多く含まれている成分である。他にも必要な要素があって、例えばビタミンCである。これはフルーツに多い。逆に食べない方が良い食品もある。

10月21日（火曜日）明窓出版から『神様といっしょ』が五冊届いた。さっそく神棚に置いて、最新の本が届いたことを報告した。次いでその内の一冊を読み始めた。主に誤字がないかどうかの調査である。次の日までに3度読み返して、まずまず問題はないと思えた。その間に由美がもう一冊を手に取ってチェック。

アトピーの患者の二回目のヒーリングは25日の土曜日午後1時からと決まった。その日でき上ったばかりの最新著『神様といっしょ』を一冊持参した。

「この本、印刷したばかりで、まだ市内の本屋さんには出廻ってません。11月の中旬には九州の本屋さんに届くでしょう」と私は言って患者に手渡した。

「両足がまだ治ってません」と彼女は言った。ズボンを少し持ち上げてもらって足首の周辺を見た。確かにそこはまだ治っていなかった。台所から御主人が出てきて、

「何か、お茶は」と言う。

「私は水をコップに一杯ください。ヒーリングを始めると、体温が上がりっぱなしになって、水で体を冷やさないとならないんです」と私は言った。この家は御主人が台所をやっているんだと分かった。私と同じだ。

両足のヒーリングに取りかかった。一通りヒーリングを終って、私は神々と打ち合わせてあった通り、料理の話を始めた。

「皮膚の健康を保つためのレシピを言いますのでメモをとって下さい」と。

「日々、お勤めしてらっしゃるようで、朝も早いでしょうから、最初はフルーツとお茶がいいんです。パンにバターは止めるように。小麦は皮膚の老化を早めます。早い朝のことだけでなく、パン食は止めたほうが良いです。コーヒーはいいのですが、朝は熱い緑茶がいい

んです。癌にかかりにくくなります。カテキンが良い働きをします。必ず緑茶ね。それからおにぎりがいいんです。中に梅入りのやつね。これはどこのコンビニにも売ってますよネ。皮膚の毛細管を丈夫にするために血液をサラサラにする必要があります。あなたは消化器管が丈夫ですので、栄養素を皮膚に運びやすくするため、梅干しが働いてくれます。

朝にもし時間があるようでしたら、ご飯と味噌汁とお漬物という日本の伝統食が良いのです。味噌汁はコンビニで売ってるし、インスタント味噌汁はどこのスーパーにも売ってます。要は料理に時間をかけずに朝食を摂ることは可能だと言うことなんです。朝にハンバーガーとコーラっていうのは毒を食ってるようなもんです。

肉食は止めるべきです。でも鳥はいいんです。コラーゲンがいっぱいありまして、そのコラーゲンは皮膚にいいんです。皮膚を作るのにタンパク質が必要なんですが、味噌汁でいいんです。大豆は畑の肉だ。その意味ではトウフが体にいいんです。納豆もね。

我が家の台所には砂糖を置いてません。砂糖は酸化物質でして、皮膚の老化を早めます。その意味でスイーツは食べない方がいいです。ただしマシュマロはいいです」と私は言ってそのお菓子の袋を取り出して彼女に手渡した。

「このお菓子にはゼラチンがたくさん含まれています。これはコラーゲンです。つまり皮膚によいのです」と私。

「エ～ッこのお菓子、コラーゲンでできてるんですか」と彼女は言って袋の裏側の表示を読んでいる。私は話を続けた。

「夕食にしらたきやコンニャクを入れた料理を食べるといいんです。これから冬に向かうので鍋料理は体を温めるのでいいんです。トウフの鍋だよね。でも毎日これ続けるのはまいっちゃうから、味付を変えるんです。肉類を使わないすき焼きとかね。牛肉やぶた肉の代りに鳥肉の皮を使ったらいい。そのすき焼きにしらたきをたくさん使うんですわ。その時、季節の野菜もたくさん入れるんです。野菜には還元作用があるんです。きのこ類もそうなんです」と話は続いた。私が話をしている間、彼女は懸命にメモをとり続けていた。その表情は真剣そのものだった。肉料理のレシピがない代りに魚料理の話も多くして、この日は終った。そしてこの日がこの患者の最後のヒーリングデーとなった。


右に書いた料理のレシピは実は我が家での日々のレシピだったのである。由美の健康を保つために、臼井先生が毎日指示しているレシピの集大成である。それと神棚にお供えしている夕方の料理の一部でもある。

ヒーリングをしたのであるが、まるで料理教室の話みたいである。しかし、私の講演会の半分位は料理の話になる。御馳走をたらふく食べて病気になっている人々が大変多くて、そんな人たちをどうしてヒーリングしなくてはならないのか疑問だらけなのである。

夜に建御雷之男神が我が家に来て、一杯飲みながら、しみじみ言った。

「もうちっと、おおらかに過ごしたらよいのにな～」と。彼女が物事の全てに、あまりにも「キチッ」としていることについて、感想を言ったのである。

「初めての人生にしては良くやってると思いますよ。中には社会に適応できなくて、自閉症になっている人が多いです。この競争社会にあってはストレスも多く、解決策が見つからないまま無駄に年を重ねている人々も居ます」と私は言った。

ずっと後になって建御雷之男神が、しみじみと、

「自分の霊界に居る人たちを集めて、人間として生きるとはどういうことなのか、何のために輪廻転生を繰り返しているのかについて、論じてみることにした」と私に言った。

「それはどこの霊界でも同じように重要なことなんでしょう」と私は言った。

三ノ三　佐賀県の読者

前著『神様といっしょ』が全国の書店に配布されて最初の読者の反応は佐賀県の佐賀市からもたらされた。

２０１４年11月12日(水曜日)明窓出版の麻生編集長からＦＡＸが入った。ちょうど昼だった。

「さっそくですが、『神様といっしょ』の読者様よりお電話があり、九州でもし、セミナーなどが開催されるようでしたらご連絡がほしいとのことです」とあって、その下に読者の連絡先の電話番号が書かれていた。九州での講演会企画はこの年、一度もなく、年内もその予定は無かった。しかし、とりあえずその読者に電話してみようと思った。

「もしもし、池田邦吉と申します。明窓出版から連絡ありまして……」

「ワーッ、大変！　本人からだ。ナマだ！　キャーッ、どうしよう、どうしよう」と相手が言った。今どき珍しくもないキャピキャピギャルが電話に出たのか、娘さんだろうかと心の中で思った。明窓出版からのＦＡＸではセミナーの問い合わせをしてきたのは男性である。その本人が電話に出るのかと待ったが、男性の声は無かった。

「問い合わせの件ですが、今のところ九州でのセミナーは企画されてません」と私は要件だけ言った。さらに続けて私の住所と電話番号を伝えた。そこでいったん電話を切った。

12時46分、その佐賀の読者からＦＡＸが入った。自分と家族全員の守護神を教えてほしいと。書いたのは先ほど電話に出た女性で、キャピキャピキャピギャルではなく、25才と22才との二人の息子の母だった。御主人はちょうど還暦を過ぎたところであった。

私はさっそく、大国主命様に連絡した。一人一人の名前と生年月日を読み上げた。さらに大国主命から教わったその結果をＦＡＸに書いて送った。

翌日の13日午後３時17分、ＦＡＸが入った。

「昨日はありがとうございました。家族の守護神様が分かりまして神社名を探しました。近くには知らない神社、そしてどのような神様がいらっしゃるのかも知らないで生きてきました。少しずつ勉強していきたいと思います。

ところで先生はヒーリングを受けたい人が居るとすると、そちらまでお出かけくださいますか、それとも、遠隔治療でしょうか。

ヒーリングを受けたい人がいます。偏頭痛で何年も苦しんでらっしゃる。薬も増す一方だそうです。お返事お待ちしてます」

このＦＡＸをいただいて、すぐに電話をした。私の場合、ヒーリングは原則としてその人の家、もしくは近くの施設へ行くこと、ならびに遠隔治療は存在していないことを説明した。電話をしていて、この人が専業主婦ではなくて気功のインストラクターであることが分かった。その彼女の気功教室に通ってくる生徒さんたちに病人が多く、彼女の手当て等のヒーリング手段では治らないのだと彼女は言った。私はその方々の病名を聞き出した。そこで彼女にＦＡＸを書いた。

「あらゆる医療機関で治せない病気はチャクラの故障が原因であることが多い。現在、難病に指定されている病気は３００種類を超えていることを厚生省は認めているのですが何故治せないのかが理解できてない。難病の内、遺伝子の故障が原因であるケースではヒーリングの技術でも治せないことがある。

チャクラヒーリングによって治せる症例としてパーキンソン病等がある。これは第六チャクラ（額のチャクラ）の故障によって起こる。子ができない大人は第二チャクラを治すとよい。というようにチャクラを治すと病気が治るケースが非常に多い。

ブレナン博士は自著の中でチャクラの修繕作業について多くの頁を使っている。そのことを私は発見できたのですが、同時にチャクラ修正は神様が行なっていることを知った。その神様がどんな神様であるか当時は知らなかったので自分にはチャクラヒーリングはできないと思った。ところが由美のヒーリングをしているときにその神様が来てくれたのでびっくり仰天した。それはしなつひこの神だった。その神がヘヨアンと名乗ってブレナン博士を使っていることを後に知ることとなり、今しなつひこの神といっしょにヒーリングチームを構成している。従って私は神々のヒーリングチームといっしょに動かないとならないのです」このFAXを送った後で私は佐賀の読者に電話した。

「ブレナン博士の『光の手　上・下』を買って読んでください」と。次にもう一枚FAXを送った。

「ヒーリングには、その患者の魂の親神が立ち合うというルールがある。いかに有能なヒーラーであっても患者の親神の同意無しにヒーリングすると病気は治らない。ヒーリングは患者の魂に触れるからである。人の魂は神の領域なんです。あらゆる人の魂について、その親神を知っているのは大国主命様です。従って患者の親神を聞き出すには大国主命におうかがいを立てます。これが第一段階。次に患者の親神に来ていただいてその患者のヒーリングをしても良いかどうかについておうかがいを立てます。これが第二段階。ヒーリングの許可が下りたとして、次にはしなつひこの神にヒーリングが可能かどうかおうかがいを立てます。これが第三段階。患者の親神がヒーリングの許可をしてくれても、しなつひこの神が治せないと言ってきた場合は初めからヒーリングを断わらざるを得ないのです。

以上の件について必要なデータは先ほど夕方にＦＡＸした『申し込み用紙』の内容によって決まります。だから『神様といっしょ』でないとヒーリングは成功しないんです。

仮にあなたが私にヒーリングを申し込んできたとします。すると私はあなたの守護神様に来ていただいてヒーリングの許可をおうかがいします。そこであなたの守護神様が許可してくれた場合、あなたの守護神様としなつひこの神がヒーリングの会議をし、どのようにヒーリングすべきかをしなつひこの神が私に指示してくるんです。私がヒーリングに行く前に時間が必要であることを御理解下さい。神々は大変お忙しいのですぐに返事が来るかどうか分かりません」

その夜、佐賀の読者からヒーリングの申し込み書が一通FAXされてきた。それは「偏頭痛」の患者のことで還暦直前の女性であった。夜も8時30分になっていた。その時、佐賀の読者の守護神様としなつひこの神が我が家で一杯やっていた。話はすぐに「ヒーリングすべし」となって、私は佐賀に電話した。

「ヒーリングします」と。ヒーリングの日は11月16日（日曜日）と決まった。明窓出版の麻生編集長がFAXしてきてからわずか4日目である。

佐賀の読者がチャクラということを知っていて、かつ気功のインストラクターで、彼女の教室に通ってくる生徒さんの中に患者が多数居るという前提があって、右のFAX以下のことが可能となった。その前提条件というのは私にとって初めての事態だったのである。

翌日（11月14日）午後2時10分頃、佐賀からもう一通のFAXが入った。今度は男性の患者で癌患者だった。この人も「ヒーリングすべし」と決した。11月16日は二人のヒーリングをすることになった。

佐賀のインストラクターさんの手配がものすごく早くてしかも適切であることにびっくり仰天した。

三ノ四　イーライ・ウィルナー

２０１４年11月14日（金曜日）夜遅くにバーバラ・アン・ブレナン博士が大変久しぶりに来宅してくれた。

「お神酒はいつものワインでいい？」と聞くと、

「これからまだ仕事に行かないとならないのでアルコール無しのカクテルを」と言う。しなつひこの神は焼酎を一杯飲んでからだとヒーリングしやすいのだそうである。緊張感をほぐしてからの方が仕事しやすいというわけである。ところが同じ魂のブレナン博士は酒に弱くて、ヒーリングに行く前は酒を飲まない。そこで、我が家にはノンアルコール飲料が数多く用意してある。ブレナン博士だけでなくノストラダムスも同じで、彼の場合はノンアルコールビールでも酔うそうである。

「きょうはどちらへ」とブレナン博士に聞くと、

「和歌山」という答、例のＡＬＳの患者のヒーリングである。ノンアルカクテルを一杯飲んでブレナン博士が私に言った。

「イーライがあなたの本を読んでいて、何か言ってるわ」と。

「ああ、そうですか。伊勢に私の本が届いたんですね」と私。『神様といっしょ』の印刷が終わってすぐに、伊勢神宮に数十冊送っておいた。その内の一冊をブレナン博士の夫、イーライ・ウィルナーが読んでいると言う。彼は伊勢下宮に祀られている豊受大神の御魂でブレナン博士と同じように伊勢神宮にお勤めしている。

「こんなに夜遅くだと、お勤めの時間外なので豊受大神様の許可がいただければ、こちらに来て話しませんか」と博士に言った。しばらくして、イーライがやって来た。

「久しぶりです。お神酒は何がいい？」と私。ブレナン博士の隣りに新しい水を満たしたコップを一つ置いた。

「日本酒を」とイーライ。すっかり日本人になっている。小さなグラスに日本酒をなみなみとついで神棚に置く。

「私の本を読んでくれてるそうで」と私。

「バーバラが書いた本、英語で読んでる時は何の話かさっぱり分らなかったんだ。理解不能というわけ。ところが、あなたの本を読んだら、何のことか分かって、ようやくバーバラが何を言いたかったかが分かった」とイーライ。

「ＢＢＳＨの生徒さんたちが言ってたんですが、ブレナン博士の文章は大変難解だそうで、そのため卒業できない人たちが多数いたそうですね」と私。

「その点、あなたの本は大変分かりやすい。助かったよー」とイーライ。

「しかしだなー。伊勢の宮司たちは、ヒーリングの話となると、まるっきり、何のことか分からんのだよ」と天照皇大御神が口をはさんできた。

「エッ。そうなんですか？　宮司さんたちは神様のことはよく分かっておられるはずなのに、ヒーリングの話は分からないってことなんですか」と私はびっくり仰天して言った。

「宮司たちはヒーリングの実際を見てないからね。実感がわかないんだと思うよ」と天照皇大御神が言った。伊勢に限らず、神社の宮司さんたちにはその神社に祀られている神様が守護神として付いている。宮司さんたちが何らか体調を崩すと、神様がヒーリングしてしまうので病気にならない。それで宮司さんたちはヒーリングのことが分からないんだと私は思った。それなら各神社に大量の本を贈呈するのは無駄かなとも思った。しかし、イーライのように神界で読まれていて役に立つのであれば送るべしと考えなおした。昔からの私の読者がいて神界に入っている読者もたくさん居る。その方々もきっと読んでくれているに違いない。

三ノ五　佐賀市でのヒーリング

11月15日（土曜日）午後2時半頃、佐賀市からＦＡＸが一通入った。それはヒーリング申し込み書だった。「白内障」と書かれている。高齢になるに従って、発症する目の症状でこの方も73才で女性であった。ただし、会社の社長さんである。佐賀の気功教室の生徒さんであった。これで翌日のヒーリングは三人となった。この女性社長さんの住所は佐賀県の嬉野《うれしの》市だがヒーリング当日はその御自宅から自分の車で会場に来るという話である。白内障の人が自ら車を運転するのは危険のはずだが？

11月16日（日曜日）午前中早めに由美といっしょに我が家を出発した。佐賀市には何度も行ったことがあり、道は知っていた。会場は高速の長崎道佐賀大和《やまと》インターの近くだった。自宅から1時間と少しのドライブである。１００キロを越える距離であるが途中渋滞に遇うこともなくスムーズに運転できた。会場の近くでインストラクターさんが私の車を発見してくれて会場に案内された。北九州ナンバーの車なのでそれと分かったのだろう。

会場は2階建の建物の1階にあって駐車場からいきなり部屋に入った。そこにはりっぱなヒーリング専用ベッドが置いてあった。ここは本来エステティシャンの店だそうで、この日はその仕事が休みで借りることができたと主催者が言った。エステの店長はこの日、遠くに出張中で留守であった。その店長と主催者は友人なんだそうである。ヒーリング用の部屋としてはこれ以上望めない。最適の部屋でさすが気功教室の先生の手配と感心した。

約束した時間よりかなり早くに到着した。しかし、嬉野の女性社長が先に到着していた。聞くとこの部屋の隣りが経営している会社の支店なのだそうで、その隣りから女性たちの声がしきりに響いてきて、男性の声は無い。

この日、最初の患者は佐賀県武雄《たけお》市から来た癌患者の男性、年齢は私と同じ。もし私がこの人と同じ町に生まれていたら、同じ小学校、中学校で同じクラスだったかもしれない。嬉野の女性社長の弟さんである。

チャクラヒーリングを教科書通りに行なっていく。その途中、肝臓のヒーリングをした。服の上から手を当てると確かに「病気」の手答えがあった。かなりの時間肝臓にヒーリングパワーを当て続けた。居合わせた見学者たちが椅子に座ったままウトウトと眠ってしまう。

私のヒーリングパワーが部屋中に充満して見学者たちを包み込んでいる。温泉につかっているようなものだ。由美だけは平然として私の動きを見つめている。由美はこういうヒーリングの場にいつも立ち合っていて、慣れているのである。

「白い壁に、オーラがはっきりと見える」と彼女は言った。私の背後の壁が白くて、そこに、私や神界のヒーラーたちのオーラが映し出されているようだ。一通りのヒーリングを終わった。

次はお姉さんの番である。ちょうど昼にさしかかった。

「昼食を摂ってからにしませんか」とお姉さんが言った。

「私と由美とは昼食を摂りません。ヒーリングが終わってからにして下さい」と私。

「白内障」のヒーリングであるが、73才を越えている人なので、体のアチコチに故障をかかえているに違いないと思った。そこで、全身のチャクラヒーリングを行なっていくと、案の上、第二、第四チャクラが壊れていた。ヒーリングが終ると、

「この部屋全体が浄化されて、すばらしい波動に変わっているわ」と彼女は言った。

「神様がたくさん見えてますのでこうなります」と私。持参してきた私の本『あしたの世

界シリーズ』４冊とその後で出版したヒーリングに関する本４冊、合計８冊の本を彼女に手渡した。お忙しい社長さんなんで正月の休みにでも読んでくれればよいと軽く考えていた。

「嬉野の我が家に来て下さい。ヒーリングを必要としている人がたくさんいます」と社長が言った。ところがこの後、実際に嬉野にヒーリングに行ったのは年も明けて３月29日、３ヶ月と半月後のことだった。その日宮崎からの移動ということになってしまった。社長業をしているため忙しすぎてヒーリングの段取りどころではないのだと思っていた。まさか記憶の神経回路に異常があるなどとは毛ほども疑わなかった。その３月29日に嬉野に行った時、２０１４年11月16日に手渡した私の本をまだ読んでいないことが露見した。仮に読んでいれば質問しないはずの事を次々に質問してきたのである。特に私の経歴について。しかしお忙しの社長さんのことだから本を読む時間も無いのだろうと私は軽く受け流していた。ところが、

「私、本を読めないんです」と言う。

「体育会系ってことですよね。国語がすごく苦手なんでしょ」と軽くかわした。その時、この社長さんが識字障害を持っているとは毛ほども疑わなかった。

11月16日の午後のヒーリング場面に話を戻す。この日、三人目の患者は「偏頭痛」に長年悩まされている還暦直前の女性。鳥栖市で塾を経営している教育者である。偏頭痛の他にも「股関節異常、胃弱、甲状腺異常、等々」多くの病状を訴えていた。一通り、チャクラヒーリングをしながら、股関節を正常に戻し、胃のヒーリング（第三チャクラのヒーリング）をし、甲状腺のヒーリングをして終わった。

「終わりましたよ」と私。すると彼女は、

「次は母のヒーリングをお願いします」と言って、彼女が書いた母親のヒーリング申し込み書を私に渡した。こういう場合、通常はヒーリングをお断りする。この母親の守護神にヒーリングの許可を得ていないからである。しかし、この事情を予めインストラクター氏から電話で知らされていた。

患者は非常に高齢ながら、自分の教室に通ってくる生徒さんであるが、ヒーリングのことをいくら説明しても理解できず、それどころか「手翳し」ということに恐怖心を持っていると。そこで主催者は別の人のヒーリング現場をこの人に見せて、それからどうするかを決めさせると言うのである。この日、別の人のヒーリングではなく、自分の娘のヒーリングを見たのである。私は手渡された申し込み書を見た。「脊柱管狭窄症、耳が遠い、白内障、声が出しずらい、胃弱、股関節異常、糖尿病」とある。年齢は85才。この体調で気功教室に通ってきているという。母子共に似たような箇所で故障が起きている。

――脊柱管狭窄症について――

背骨は24個の椎骨が首から腰にかけて積み重なって形成されており、椎骨の中央には穴が開いていて、つながるとトンネルのような管状になり、これを脊柱管という。

脊柱管には脳からつながる神経の束と椎骨と椎骨とをつなぐ黄色靭帯が通っている。

脊柱管狭窄症は脊柱管の周囲の骨が変形したり、黄色靭帯が厚くなったりして脊柱管の空間が狭くなることで起こる。脊柱管が狭くなると神経の束や脊髄から枝分かれした神経根が圧迫され、腰痛や足がしびれる等々の神経痛に悩むことになる。

50才代以降になると患者が急増しており、その数240万人以上と調査されている。

私は患者（老女）に「どうぞ」と声をかけた。ヒーリングベッドに両手をつけたまま、体をベッドに持ち上げられず、もがいている老女を見て、主催者が椅子をベッドのそばまで運んできた。患者はまず片足を椅子に置き、いきおいをつけて、体全体をベッドの上に置いた。

腹側を天井に向けるのがうまくいかないようだ。体が左を下にして横向きになってしまうのである。これだとチャクラヒーリングがうまくいかない。しばらくして何とか正常な寝かたになったが、体中が変形しているのが一目瞭然である。85年間、生きてくると人間だれでも体中が変形するものである。

教科書通りに両足の裏側からヒーリングパワーを入れた。次の工程に入ろうとして足から私の手を離した。すると右足はちゃんと天井を向いているのであるが、左足首がベッドの上に左回転しながら曲がっていく。どうしても左側だけがまっすぐ天井を向かない。私は自分の右手を患者の左足首に置き、左手を患者のひざに置いてヒーリングパワーを全開にした。しばらくして、左足首を持って右に回転した。すると、患者の足は天井を向いた。さらに私の右手を患者の左ひざに置き、左手を患者の左側股関節に置いて、再びヒーリングパワーを全開にした。しばらくして、左側ひざを右側に回転させた。足くびが左右完全にそろって天井を向いた。下半身を左右対称に治したところで体全体を見ると、はなはだしい側湾であることが見えてきた。背骨が弓なりにまがっているのである。道理で体をちゃんと寝かせられないわけだ。

この人はいつも体を横向きにして寝ていたに違いない。しかも胃を下にして寝ている。これでは胃が悪くなるわけだ。全てのチャクラヒーリングを終わって、今度は患者に背中を天井に向けて寝てもらった。患者はスムーズに１８０度回転できた。次に背骨の一つ一つにヒーリングパワーを入れた。それが終わって、私は患者の足の側に行って両足を持ちベッドに平行に両足を引っ張った。さらに私は患者の頭の方に移動し、患者の両腕つけねの脇に手を当て、ベッドに平行に上体を引張った。体全体の骨格がまっすぐに正常な形になった。そこで元のように腹側を天井に向けて寝てもらった。神々と相談して、しばらくそのままで寝る形をとってもらった。私はヒーリングベッドから離れた。神々が、患者のヒーリングを続行中である。その神界のヒーラーの合図を待って、私は患者に起き上るように言った。

「骨がゴニョ・ゴニョって言って動いていくのが分かりました。痛みがないんですね」と言って、患者がベッドから下りた。動きがスムーズである。四人のヒーリングを終えて私と由美とは会場を後にした。

人の骨は単にカルシュウムの固まりではなく、カルシュウムを多く含んでいる細胞である。骨を構成している細胞は常に新陳代謝を繰り返しており、全ての骨は４～５年間で入れ代わる。骨は細胞の固まりであるが由に、人間のヒーラーによるヒーリングパワー（生命エネルギー）によって骨を正しい位置に戻すことができる。この時、患者は痛みを伴わない。いわゆる整体師は患者の骨格を彼の力によって正そうとする。整体師のことをカイロプラクターという。大病院の形成外科の医師によると、その病院に運ばれてくる患者は大部分、カイロプラクターによる治療の結果で運ばれてくるというのである。しかし全てのカイロプラクターが悪いとは思わない。私は本当にすばらしいカイロプラクターを数人知っている。その人たちの手からすばらしいヒーリングパワーが出ていた。ところが本人はそのことを自覚していないのである。自分の物理的力と知識と経験によるものと深く信じ込んでいた。

佐賀のヒーリングから帰ってきて三日目、今度はヒーリング申し込み書が5通ＦＡＸされてきた。11月19日、同じ佐賀の主催者。

三ノ六　ヒーラー養成

佐賀での二回目のヒーリングが11月23日と決まった。最初のヒーリングの日から一週間後でまた日曜日である。会場は最初の会場と同じ。患者は五人となった。主催者は前回同様気功のインストラクター女史である。この人の仮名をAとしておく。

五人の患者の中に一児のママがいた。46才である。申し込み書に「2ヶ月前から突然、咳が出て、一度咳が出たら止まらない。咳の影響で左の肋骨が痛い」と書かれている。そこで私は彼女に質問した。

「原因は何だと思いますか」と。

「PM2・5が原因と思います」と患者。

「もしそうなら、あなたの周辺の人もみんな咳が出るはずなんですが、あなたのお母さんはそうなってませんよ。いっしょに住んでるのに」と私。お母さんというのは嬉野市の女性社長のことだ。

私は喘息のヒーリングを得意としていた。ブレナン博士の教科書を読む以前から手翳しで喘息の患者を何人も治していた。これはアトピーや側湾の患者も同様だった。加えて今はチャクラヒーリングもするようになっている。治せないはずはないと軽く考えていた。

一通り、教科書通りのヒーリングをし、加えて気管支と肺にしっかりヒーリングパワーを注いだ。「終わった」と思った。患者をベッドから起こし、次の患者の準備に取りかかった。

ベッドから下りた患者の咳は止まっていた。彼女は何か忘れものをしていたらしく外に出て車のドアを開けていた。しばらくして部屋に戻ってきた途端、又もやヒーリング以前と同じように咳が始まった。「いったいどういうことだろう？」と私は思った。

今度は患者と椅子に座って向き合い、彼女の魂に質問した。これはあまりにもプライバシーの深いことなので言葉を出さずにテレパシーでの会話となる。周囲の見学者がこの現場を見ると、「池田はいったい何してんだろう」と思う。何もしゃべらないからである。

「咳の原因を教えて」と私。

「はい」と彼女の魂は言った。ヒーリングに協力的なのが分かる。

「前の人生はいつだった？」と私。

「江戸で生まれた。武士階級。大きなお屋敷だった」と男の声だ。

「亡くなった原因は？　病気？」と私。

「籠に乗っている時、刀《かたな》が胸に刺さった。即死だった」

「桜田門を出たところ？」と私。

「うん」

「咳の原因が分かりました」と私は声を出して患者に一部始終を説明した。

「前世ヒーリングをしますので、もう一度ベッドに横になって下さい」と私は患者に言った。

私の右手の平が自分の肩と平行になる位置、空中から刃の刺し傷と思える患部にヒーリングパワーを注ぎ込んだ。しばらくして私は由美を呼んだ。由美は空中で患者の傷口を糸で縫った。その糸は人間の目には見えない、エーテル体のエネルギーによる糸で、かつてブレナン博士（本当はしなつひこの神）が由美の頭骨のひびを縫ったケースと同じである。

「終わったわ」と由美が言った。患者はゆっくりと起き上ってベッドから下りた。

「針で傷口を縫っているのがわかったわ。チクチクしてた」と言う。今度は咳がまったく出なくなった。

「前世は歴史的人物だったんですね。歴史の教科書に出ている人」と彼女はにっこりして言った。見学者たちがびっくり仰天している。

Aがブレナン博士の『光の手・上下』を開いて、私のヒーリングの現場を見ながら、その教科書の頁を参照して、しきりにメモを作っている。

「この人は、さすが気功の先生だけあってヒーリングの何たるかを理解している人だな」と私は思った。

「どう、ヒーラーにならない？」と私はAに声をかけた。

「とても、とても、私ごときにできるような事ではないわ」と彼女。

「その本を読んだ時、私もそう思いました。でも今は神様の指導下にあって、ヒーラーやれるようになりました。自分がヒーリングすると思うから、できないと思っちゃうんです。ヒーリングは神様がやってんです。そこを理解できればヒーラーになれます。あなたは基本ができてると私は感じてます」と私は言った。

「でも私、神様とお話ができません」とAさん。

「神様のことを意識してると、いつか話せるようになるんです。あなたの守護神様があなたの能力を認めてくれたら、その時点で」と私は言った。Aさんの教室に体の悪い人たちが集まってきているので、自分の生徒さんたちのヒーリングはAさんができるようにしてあげた方がよいと、この時、考えていた。私は多方面にて、ヒーリングで忙しすぎた。

五人のヒーリングを終わって私と由美とは帰路についた。高速に入ると誰か神様が後部座席に座っていることに気づいた。八大龍王だった。

「由美の過去生ヒーリングについて、つくづくうまいな～と感心した」と言う。

「由美の過去生ヒーリングは今日が初めてではないことを八大龍王は知ってますよね。北海道でも大阪でもやってました。独得のヒーリングテクニックですが、これは天性のものでしょう」と私。

「うん。すごい」と神。

「先ほどの患者さんに付いていなくてもいいのですか」と私。

「彼女が完全に眠りについてから、日が変わる深夜に行く。仕上げのヒーリングは未明までには終わるから」と八大龍王は言った。

「この神様はほんとうにヒーリングするのかな？」と私は疑問をもった。通常、神界のヒーラーたちは、私がヒーリングの会場から出ても、そこに居残って自分が担当した患者のそばから離れず、ヒーリングの効果を観察し続ける。未明までに何か不充分な箇所を発見すると、神界のヒーラーたちがヒーリングを行う。ところが、八大は私といっしょに会場を出てきてしまうのである。それは常のことであったが、この日も同じだった。

その夜、私はAさんの守護神に来てもらった。

「先ほど、Aにヒーラーにならないかと言ったのですが、そのことについてどう思われますか」と尋ねた。

「どうかな～？　あの娘にその才能あるのかしら」と神。この神様は「野の神」でいざな気の神の孫にあたる。ヒーリングに関して非常に熱心で、私が北九州に引越してきてから、私のヒーリングの現場によく立ち会っていた。野の神専用のコップがあるくらいである。最初はノストラダムスとイエス、それにドクター・パレが神界のヒーリング・チームであったが、その当時からの付き合いである。

「Aは11月12日に初めて電話した時、ブレナン博士の教科書を買う準備をしました。先ほど、その教科書にびっしりメモを付けていて、確かに勉強していることが分かりました。才能があるかどうかは、勉強する気があるかないかで決まります。これは私の学生時代に私が家庭教師をしていた頃の経験にもとづいています。彼女はヒーラーとしての素質があると私は思います」とまくしたてた。野の神は私の話をだまって聞いているだけで一言もコメントしない。私は話を続けた。

「今度、機会を見つけて、彼女にヒーリングを実施させてみたいと思います。もちろん私はそばに居て、指導します。何ごともやってみないとわからんでしょ」と。

佐賀での三回目のヒーリングは12月7日、また日曜日だった。ただしこの日は会場が基山《きやま》町である。基山町は佐賀県とはいえ、福岡県と佐賀県との県境にある町で、北九州から見ると、福岡市へ行くような近さを感じている。主催者はAの友人で基山町で気功教室を開いているインストラクターだった。年齢は私とまったく同じで誕生日が半月ずれているだけである。彼は故関英男博士のファンで、関先生の本で私のことを知ったという。それはノストラダムスの読者であることを意味している。この日患者は五人だった。重病の患者ばかりだったのでAにヒーリングさせるわけに行かず、私が五人のヒーリングをし、彼女はまた教科書と私のヒーリングを見比べている。

「基本的に、チャクラヒーリングの仕方は同じようなんですが、患者の一人一人、全部違うもんなんですね」と彼女は感想を言った。

「患者の病状がみんな違うでしょ。同じ病気の人というのはいませんよね。どの箇所をどのようにヒーリングするかによるわけです」と私。彼女は私の話をノートに書いている。私は話を続けた。

「筋肉を痛めている人にチャクラヒーリングでは間に合わないんです。痛めている箇所に直截手当てなんです。骨も同様です。そうなんですが、チャクラヒーリングだけは全ての患者に行います。ブレナン博士はキレーションという言葉を使ってますが、その意味するところは『浄化』なんですよね。この浄化をしないとあらゆる手当て、手翳しも無効になっちゃうんですよね」と私。その事は教科書にちゃんと書いてある。その理由も含めて。Aのヒーリング実技のチャンスは次のヒーリングの会で現れた。

四回目のヒーリングは基山町で12月20日（土曜日）となった。基山町ではあるが、ヒーリングの会場は前回と違っていた。患者は四人であるが、その内の一人はAの夫だった。11月12日に明窓出版に私のセミナーのことで問い合わせをしてきた本人である。

「しめた」と私は思った。Aの夫のヒーリングはAにさせようと決めた。さっそくAに電話すると、

「チャクラを見ることができないので、ヒーリングできますでしょうか」と言う。

「あなたはフーチを知ってますか」と私。

「それ持ってます」とA。

「御主人に近くに座っていただいて、彼の魂に聞くんです。第一チャクラから第七チャクラまで、どこが故障しているか、予め調査できます。フーチが右廻りならOK、左廻りなら

異常有りと予め決めておきます。それからブレナン博士の教科書にフーチの使い方が書いてありますから、一通り読んでおいて下さい。フーチによる調査決果を私にFAXして下さい。私のチェックと同じになるかどうか比べてみましょう」と私は言った。

12月20日（土曜日）この日集まってきた患者たちの目の前でAは夫のチャクラ・ヒーリングを始めた。しばらくして野の神が、

「やるじゃない」と言った。Aと向かい合って彼女の夫のヒーリングを野の神がしている。この夜、野の神は伊勢に行って、しなつひこの神と何か相談している感じが私に伝わってきた。野の神はAをヒーラーにするについて、極めて慎重であった。しかし、私は「彼女はきっと良いヒーラーになる」と確信していた。

第四章　ヒーリングとは？

四ノ一　玉依姫神《たまよりひめのかみ》

この姫神の見事なヒーリングについては、すでに本著の第一章三節に書いた。それは2015年3月23日（月曜日）から翌日の午後2時頃までの出来事であった。

玉依姫神は京都の世界文化遺産、下鴨神社の祭神。親神は艮《うしとら》の金神さんこと国之床立地神である。火の神三兄弟と筒之神三兄弟の六神は兄神にあたる。国之床立地神の分神の中で唯一、女性神である。木の花咲くや姫、水発《みつは》の女神様たちと並び称される絶世の美女である。

上賀茂《かみかも》神社の祭神は賀茂別雷《かもわけいかづちのおおかみ》大神であるがこの神名は国之床立地神の別名のことである。つまり玉依姫神は父親といつもいっしょに京都に居るというわけである。

上賀茂、下鴨ともに毎年行なわれる5月15日の葵祭《あおいまつり》で有名である。葵祭の主役は斎王代で、斎王とは「いつきの巫女《みこ》」のことである。いつきの巫女は神に仕える皇室の未婚の内親王または女王のことである。神倭姫在世中は斎王であった。つまり京都の葵祭が制度化されるずっと以前、紀元前から斎王という皇室の女王が存在していて、その最たる人こそ、倭姫であった。

倭姫が我が家に居ると、玉依姫神が何事か打ち合わせのため我が家を訪れることが多かった。

「大の仲良しなのよ」と母がよく言っていた。母とは神倭姫のことである。しかし、つい最近までこの姫神は私にとって遠い存在だった。親類縁者、友人の中にこの姫神の御魂分けの人が居なかったからである。京都の非常に格式の高い、近寄りがたい姫神と私は感じていた。その玉依姫神と私との対話はごく最近に始まった。

今年（２０１５年）初春の頃、京都が雪の日だった。早朝から誰か見えざる存在が我が家に来ている気配を感じた。

「どなた様で～」と私。

「京都から」とその存在は言った。

「ひょっとして玉依姫様で？」

「ハイ」

「今日は朝早くから何か御用事で？」玉依姫神が早朝から我が家に来たことはかつて無かった。緊張感が全身を走る。

「特に用事はありません」と姫神。不思議なことである。誰か他の神様といっしょに来ているのかと尋ねると姫神お一人で、他には誰も居なかった。どの神様も午前中は神社勤めなのである。

とりあえず私は床から起き上がり、神棚にコップを置いて水をお供えした。

下鴨神社から見て川の東南側に京都大学の広大なキャンパスがある。玉依姫神の御魂分けの大学者がその京都大学に非常に多く居る。理工系や医学部門の教授たちである。姫神ではあるが科学、医学に大変詳しい神なのである。絶世の美女「斎王」という極めて女性的なイメージからはまったく理解できないほどのサイエンティストであり医学者なのである。数年前、倭姫といっしょに我が家に居た時、母から私の履歴、経歴を聞き出したらしい。その時、御自身の御魂分けの学者たちの名を次々に言うのでびっくり仰天したことがあった。

今日は科学や数学、医学の最新情報でも話があるのかなと思っていると、何も言わない。私はいつものように朝の炊事、家事を一通り終わった。

「上手ね〜」と言う。炊事を見ていたらしい。東工大建築学科卒の男が台所をやっていることが珍しいのか、専業主夫としての生き方が珍しいのだろうか。

昼過ぎて、いつものように買物に出かけようとした。車に乗り込むと助手席に姫神が、「す～っ」と乗り込んできた。

「冗談だろう」と心の中で思った。ところがスーパーに入るといっしょに付いてくる。何と絶世の美女が一般庶民のスーパーで買い物をしている。人々には見えていないからいいようなものである。私の想いを察したらしい。

「あら、京大の学者ばっかり作っているわけではありませんよ。京都では専業主婦もたくさん経験してます。そうしなければ人間社会を理解できないではないですか」と言う。

「こんな庶民的なスーパー、京都の町中にあるんですか」と私。

「いくらでもありますよ」と女神様。京都へはよく行っているのであるが、スーパーで買い物をする機会が無いので私が知らないだけのようだ。私はいつものように買い物を済ませて家に戻った。

「料理は誰に習ったの」と姫神。

「私、四人兄弟の二男坊でして、まま母さんが家事炊事の助手に使ってくれました。弟はまだ小学校にも行ってませんでした。女の子が居れば良かったのかもしれませんが何しろ男世帯でした。まま母さんは料理の下準備の基本を教えてくれました。当時、お米は木を燃やして焚く釜で煮てましたが、火の当番を私がしてました。ガス炊飯器はもう少し後に普及したんです。まま母さんと台所に居る時間で料理の基本を習い覚えてしまったんです」と私は言った。

「なるほど、そういうことだったんですか」と神。

やがて夕闇に包まれる頃、私はいつものように台所に立った。すると、姫神もいっしょに台所に立った。午後5時を少し過ぎて、一神また一神と神々が来宅した。とりあえず御神酒をと思って御猪口をしまってある引き出しに手を掛けた。するとしなつひこの神が、

「くによし、今日はいらんぞ」と言う。神々が我が家で重要会議をひらく時、それが終るまで御神酒をお供えしない時がある。今日はそんな日なのかなと漠然と思った。ところが、しばらくして神々がお酒を呑んでいるイメージが湧いてきた。そこで私はしなつひこの神に声をかけてみた。

「ひょっとして、料理も必要ない？」と。

「うん」と神。お神酒と料理とが神棚にいっぱい並んでいるらしい。人間の目には見えていないだけだ。きっと玉依姫神の料理に違いない。酒は灘から運んできた銘酒らしい。その時、玉依姫神がどうして早朝から来宅していたのか、理由が分かった。我が家の台所の使い

方を調べていたのである。

この日を境として玉依姫神が来宅している日は私が御神酒、夕食のお供えをしなくてもよいことになった。母になりかわって玉依姫神が他の神々のお相手をしてくれるようになった。そのことは大変有難いことであるが、いったいなぜ？

昨年（２０１４年）夏以来、母は我が家にほとんど来なくなった。ヒーリングで日本国中を飛び廻っているからである。その忙しい母に代わって玉依姫神が時々来宅している。しかし、なぜ母の代理を玉依姫神が行なうのであろうか。疑問は残る。

その玉依姫神がすばらしいヒーラーであることを認識させられた日、3月24日夕方に八大龍王は我が家を出て京都に行った。そこで八大龍王と玉依姫神とは人間のヒーラーを使うことについて話をしたらしい。

4月に入り、玉依姫神が私にヒーリングの依頼をしてきた。これは初めての出来事であった。

「大阪で5月にヒーリングするときに、私の娘《こ》を一人ヒーリングしてほしい」と言う。神様は自分の御魂分けの人間については高齢者であっても「我が子」と言う。台所でいっしょに仕事をしてきた神様の依頼なので心よく「引き受けた」

その患者のヒーリングは5月17日（日曜日）と決まった。患者は堺市在住の専業主婦で56才である。ヒーリングに際し、姫神は凜《りん》として清々しく権威ある医学者のように感じられた。我が家に居る時の気さくさは微塵《みじん》も無い。一通りのキレーションを終わると、重症部分の患部にさらなる手翳しをするよう指示有り。それも終わって後は姫神に患者のヒーリングを委せた。

実に細やかなヒーリング手法である。時々私を呼んで手翳しの指示をする。患者が書いてきた病名以外に重要な故障部分を発見しているようだ。京大医学部の名医以上だ。すごいと思った。さらに、その日の受け持ちの時間内に完全にヒーリングを仕上げてしまった。翌日にヒーリングを持ち越すことはしなかったのだ。

「私、失敗しないの」と。姫神が言っているように感じた。「ドクターXみたいだ」と私は思った。この患者のヒーリングを終ると、姫神は、

「次は北海道の男性」と私に言った。

帰宅して北海道から来ているヒーリング申し込み書を整理していると、確かにその男性ら

しい人が居た。ただし、それを書いたのは拙著の女性読者だった。患者の友人である。「昨年の8月、心筋梗塞で倒れ、意識が戻っていません。病院に入院中」とそのFAXに書いてあった。患者は私の読者ではない。しかし、6月22日（月曜日）にその病院でヒーリングすることになっていた。さっそく玉依姫神に来ていただいてそのFAXを見せた。「次は北海道の男性」と姫神が言った人はそのFAXに書かれている男性に間違いなかった。そこで姫神に一つの質問を投げかけた。

「この文面で意識が戻っていないと書いてあるのですが、魂は肉体から去っているということですか」と。

「魂はしっかり肉体に留まっています。ただし、言葉を発することができないだけです。本人はまだ生きたいと思っています」と神が言った。この男性患者は65才である。

「意識が戻っていない」と書いてきた人は北海道のWであるが、患者の奥様もそのように言っていることが後で分かった。

「言葉を発しない」という現象を見て「意識が無い、とか意識が戻ってない」と言う表現は間違いである。「意識が無い人」ならばそれは死んでいることを意味している。ただし魂は神の一部なので「不滅」である。不滅であり、しかも輪廻転生する。

人の肉体も意識もその人の魂が管理している。従って魂がまだ肉体を離れていないのであれば意識もあるのである。患者はただ声を出せないだけなのである。この場合、患者は生きているのであるからヒーリングの技術を駆使すればいずれ言葉を発することができるようになるはずである。言語中枢を司どる左脳のヒーリングになるはずである。

ブレナン博士の本を読むずっと以前から私は硬膜下出血で言葉を失なった人たちのヒーリングを多く手がけてきた。硬膜とは頭骨のことで、頭骨に近い内側で毛細管が切れ出血する症例のことを示す。脳の深い所で出血するケースは脳梗塞と言う。硬膜下出血にせよ、脳梗塞にせよ、その結果、言葉を発することができなくなったり、運動が困難になることは大変多い。

北海道の男性患者はそれらのいずれでもなく「心筋梗塞」によって言葉を発することができなくなった。その意味するところは「酸欠」である。脳に血液を送る大元の心臓に異変が現れ、そのため脳に酸素がいきわたらなかったということであろう。その場合のヒーリングは「神経組織の再構築」がテーマとなる。いったい誰がそんな大手術をすることができるというのだろうか。答は「神様」である。

北海道へ出発する数日前、伊勢から連絡が入った。
「北海道の玉依姫の患者は星風志斗霊之神《ほしかざしとひのかみ》が担当する」と。6月3日にふいに新宿のホテルに現れたティア・ウーバ星人のヒーラーである。来日してからたった19日目に今度は北海道で玉依姫神とコンビを組んでヒーリングにあたるという。その患者が極めて重症であり、姫神一人では手に負えないことを物語っている。

6月22日（月曜日）患者の奥様とWとが私を迎えに来てくれた。奥様とは初対面である。私と由美とが宿泊しているホテルで打ち合わせした後に奥様とWと私、三人は目的地の病院へと地下鉄に乗った。

病院に着くと、予め連絡済のヒーラーの他にも、もう一人ヒーラーが来ていた。十百風志《ともかざし》医和之神《いわのかみ》（岩倉具視先生）である。神界のヒーラーが三神、ということは大変なヒーリングになることが予想される。

ともあれ、私は奥様とWとが見守る中でヒーリングを開始した。患者からは生命維持装置が全てはずされていた。つまり、自力で呼吸しているのである。ベッドに横たわっているだけで手足を動かすことができないでいる。それはつまり前頭葉が壊れていることを示している。言語障害が起きているだけでは無い。ヒーリングを始めると、第2チャクラaが壊れているのが分かった。aとは腹側のチャクラである。次に第3チャクラa、第4チャクラa、第5チャクラa、第6チャクラaが壊れているのが分かった。ヒーラーの目からすると、死んでいて不思議でない。ところがこの人、背中側のチャクラは壊れていないのである。背中側のチャクラは「意思のチャクラ」と呼ばれている。この人は自分の意思の力だけで生きていたのである。とにかく、「生きよう、生きて元の生活に戻りたい」という強烈な思いの力を感じた。全てのチャクラを修理終わると、次は頭部ヒーリングに重点が置かれた。大脳皮質の全箇所と脳下垂体に念入りなヒーリングが行なわれ、その時間は延々と2時間半に及んだ。三人の神界のヒーラーによってである。

午後6時半を廻って、玉依姫神が私に言った。

「終わったわ」と。

「脳の神経回路は全て修繕できた?」と私。

「ハイ、あなたはもう一度ここへ来る必要はありません。適切なリハビリの行程をへて、今年12月には退院できるでしょう」と姫神は言った。

「私、失敗しないから」とドクターXの声が聞こえてくるような気がした。三人は病院を出て、又地下鉄に乗った。そしてそれぞれの帰る方向へ行った。

ホテルに戻った夜、玉依姫神が来て、

「次は和歌山へ」と言う。

「いつ？」と私。

「今年の12月に和歌山でヒーリングして下さい」と言う。一人のヒーリングが終わると直ちに次のヒーリングの計画を立てる神らしい。「一人だけか？」と心の中で思っていると、大国主命様が来た。

「くによし、和歌山にワシの御魂分けの人間が一人いて、ヒーリングの必要がある。12月に頼むよ」と言う。

「二人居るのか～」と心の中で思った。すると、天照皇大御神が来て、

「ワシの方のも頼むよ」と言う。神々が続々と北海道のホテルに集まってきた。本日、神々は北海道で夕食なんだと知った。そこへ火の神三兄弟の一人、火明りの命様が来た。何と明日の患者の打ち合わせが始まってしまった。ホテルの部屋に置いてある小さなテーブルに缶ビールを一つ置いた。一杯呑みながら打ち合わせしようと。

四ノ二　いざな気神の企画

実際にヒーリングをする日の数ヶ月前から神様がその人のヒーリングを依頼してくるというケースが非常に多くある。ヒーリングだけでなく講演会を企画する時も同様である。そんな神々の企画が始まると、その時期と場所とについて細かな指示が次々にくる。

前節に登場した玉依姫神によるヒーリングも姫神の指示は数ヶ月前から始まっていたのである。姫神だけではなく多くの神々も同様の行動パターンをとる。

しなつひこの神は正月三ヶ日の間に私の一年間の行動計画を指示してくる。初夏には関西に、次に東京、北海道という具合に。これはアウトラインで企画が実行に移されるのは約一ヶ月ほど前からになる。そのころになると誰と誰とをヒーリングすべきかについて患者の詳細なデータが積み上っている。実際にヒーリングをする日の数日前には神界のヒーラーの誰が担当するかが決まる。

2013年2月6日、奈良市で講演会を開催した。そのついでにヒーリングをする日を三日間設けた。奈良市で講演会をするのは生まれて初めてだった。もちろんヒーリングを奈良市で行うのも初めてである。この日の講演会はこの年の初めての講演会でもあった。その講演会の後にヒーリングをセットするという方法も初めての企画だった。通常、私は講演会が終ったら、さっさと帰宅する習慣になっていた。

この企画は私、あるいは他の人がしたのではなく、いざな気神の依頼によるものであった。２０１２年10月20日、関西日本サイ科学会研究会で講師を勤めた時にいざな気神が私の話を聞いていた。翌日、家に戻ると、いざな気神が来て、

「きのうの講演会はすごくおもしろかったよ。同じテーマでいいから奈良で講演会を開いてほしい」と言う。

「講演会をするのはいいのですが、奈良市に友人がいません。読者が奈良市にいるかどうかも知りませんので会場の段取りを頼める人がいません」と私は答えた。

「きのう大阪会場に来てた生駒市の二人の御婦人に頼め」と神。

「初対面でしたよ。以前サイ科学会に来ていた人たちではありません。それに生駒市から奈良市は遠いです。彼女たちが会場を知っているかどうかもわかりません。むずかしい話と思います」と私。

「うん、講演会場は奈良駅の近くにあるホテルの宴会場を借りればいい」神。

「なるほど、会場はそれで良いとして、入場者をどうやって動員すればいいのでしょうか」と私。

「うん、関西日本サイ科学会の会長にさせる」と神。この会長さんの御魂がいざな気の神であることはずっと以前に神様から教えられていた。いざな気の神は会長を使って奈良で講演会を開催させようとしているらしい。

「関西日本サイ科学会は毎月第三土曜日を研究会の日と定め、又、場所も大阪科学技術センターと決めてあります。奈良市で研究会をするという話は聞いたことありません。それと同一の講師が年に2回も講演するルールがありません。年に一回限りなんです」と私はいざな気の神に言った。

「うんわかってる。会長には後援をさせるのと、会員を動員させるのだ」と神。

「へェ〜、関西日本サイ科学会はそんな事できるんですか〜。個人的な講演会ですよネ〜、奈良という場所では」と私は半信半疑でいざな気の神に言った。

「うん、それはできるぞ。それと講演会の日取りは来年の2月初旬の土、日を除いた曜日にしろ」と神。

「エエ〜、月曜日から金曜日の平日で講演会ですか？　それだと人が集まりませんよ」と私。非常に困った話だ。真冬のまっただ中で平日、今までやったことがない土地柄での講演会依頼である。

「それと、ヒーリングの日を三日間設定してほしい。ヒーリングの場所は会場となるホテルの宿泊室でよい。ただし、ヒーリングは講演会が終った翌日からの三日間としてほしい」と神は畳かけるように話す。

「四泊五日ですか。真冬の講演会？」と私。言いたいことだけ言って、神は消えた。このいざな気の神の申し出を一夜考えて翌日、関連する人たちに電話することにした。この講演会のキーマンとなるらしい会長に、

「昨日、神様から御指示あって、奈良で講演会せよと。会長には後援、つまりバックアップせよとの御指示なんですがいかがなもんでしょう」と私。

「関西日本サイ科学会として後援する場合、ルールがあって、それは入場料金の制限があるんです。低いですよ。最高でも3千円止まりです。奈良の会場がどこか知りませんが採算とれますか池田さん」と会長。

「そういうことなら、一人3千円の入場料で設定し、安い会場を探すしかありませんと私。

「会場の段取りは誰がするんですか」と会長。

「神様が言うには生駒のお二人、先日大阪の会場に来ていた御婦人にさせろと言ってます」と私。

「ああ、Oさんのことか。あの人ならやるかもしれませんなー」と会長。

「それなら、Oさんの家の電話番号教えて下さい」と私は会長に頼んだ。しばらくして会長は電話番号を私に伝えてきた。夜遅くに私はその電話番号に電話してみた。

「池田邦吉と申します」と私が言った途端その電話の相手は、

「あっらー、先生！　何の御用事でしょうか」と言う。

「Oさん、いらっしゃいますか？」と私。

「Oは今、帰ってきたばかりで隣りの部屋で着換え中です。呼んで来ますのでちょっと待ってて下さい」と御婦人が言う。暫くして、

「Oです。先生、何か用事でしょうか？」

「はい実はですね、神様が奈良で講演会やれって言ってきてまして、その会場探しを手伝っていただきたいんですが、いかがなもんでしょう」と私。

「それで会場はどこに？」とOさん。

「奈良駅の近くにホテルがあるんだそうでそのホテルの宴会場にしろと神様が言ってます」と私。

「わかりました。こんどの日曜日に車で奈良駅に行って食事しますので、その時、会場を見てくることにします」とOさんが言う。

「すいません。大変ごめんどうをおかけしますがよろしくお願い申し上げます」と私。初対面の人にこんな重大な仕事を頼めるとは思ってもいなかったのでOさんの対応にびっくり仰天してしまった。気を取りなおして、神様にOさんの魂は何者か尋ねてみた。

「天照皇大御神」と神様が答えた。なんといざな気の神は自分の息子に仕事をさせているのである。ついでに、

「最初に電話に出た御婦人の魂はどなたでしょうか」と尋ねてみた。すると、

「水発の女神」と答。何と創造主である。しかも生駒からはだいぶ遠いとは言え、同じ奈良県の水上神社の祭神である。これもびっくり仰天。二人の御婦人の御魂についてFAX文を書き、さっそく電話でこの情報を伝えた。

明けて2月5日、私と由美とは奈良行の旅支度を整えていた。そこにブレナン博士がちょっ

と顔を出した。

「どっか出かけるの？」と言う。

「明日は奈良で講演会だよ」と私は言って宿泊先となるホテルのパンフレットを広げてブレナン博士に見せた。するとブレナン博士がす～と消えてしまった。夕方になって又、ブレナン博士が家に戻ってきた。

「奈良に行ってきました」と言う。

「誰か案内役は？」と私は博士に聞いた。

「一人で行ってきました。奈良は知っていますので。バンビがたくさんいたわ。とってもかわいくて遊んでたの。でもバンビは私のこと気がついてくれなかったわ。見えないのね」と博士が言った。

「奈良へはここからだとどういう行き方になるの」と博士。

「新幹線で京都駅に行って、そこから関西線に乗り換えて奈良駅着。ホテルは駅からあまり離れていない所にありますから歩いて行きます」と私は言った。

「それなら私も新幹線であなた方といっしょに行きます」と博士。どうやら博士は新幹線が好きらしい。子供が遠足に行く前の日にはしゃいでいるのと同じような感情が私に伝わってきた。

2月6日、天気は上々。新幹線の中で私と由美との前後左右にクインテットが取りまくように座っている。護衛役である。しなつひこの神と今回の主催者たるいざな気の神がグリーン車に陣どっている。私たちの車両の隣りだ。そこからしなつひこの神が由美の生命維持装置を見ている。長時間の列車内で装置がどのように働いているかを観察しているのである。

車内販売が来た。ノストラダムスに、

「コーヒー、どうだ」と声をかけた。

「うん、ほしいな」とノス。車内販売のホットコーヒーを一つ買う。するとこのコップが6コ生まれる。二つはグリーン車行である。

「今朝、ノスは朝食どうしたの」と由美がノストラダムスに声をかけた。

「さっき、小倉駅のホームで折尾のかしわめし四つ買って食べた」とノスが言った。

ブレナン博士は新幹線は慣れているのであるが、九州から京都に向かうことは初めてなのである。窓外の景色を珍しそうに見ている。やがて、一行は奈良駅に着いた。私が知っていた昔の奈良駅の面影がまったく無くなっていて駅周辺の近代的ビル群にびっくりした。日差しが暑かったが会場へは歩いた。

講演会に関西日本サイ科学会の会長が来ていて、講演の最後に言った。

「昨年10月20日に大阪で同じ話を聞いたが、その時は何のことか理解できなかった。今日もう一度聞いたらよくわかった。そこで続編ということで今年7月に大阪で講師を頼めないだろうか」と。そこで私は、

「7月の第三土曜日の定例会を一週間延ばしてくれませんか。ベスビオのマグマ上昇を確認したいので」と言った。講演会が無事終った後で思いもよらなかった出来事が用意されていた。Oさんが私の誕生会を準備してくれていたのである。大感激して声がでなかった。

四ノ三　いざな実神

２０１３年２月６日の奈良講演会にわざわざ大阪や兵庫県、京都市から来た人たちがかなり多く居た。その中に私より４才年上で大阪の平野区在住の女性が居た。彼女は翌日の７日にヒーリングを依頼していた。御魂はいざな実神。いざな気神が奈良講演会を企画し、その参加者の中にいざな実神の御魂の患者が紛れ込んでいるという構図である。

この講演会の企画が進行中の２０１２年12月10日午後４時半、明窓出版からＦＡＸが入った。

「大阪の読者さんが先生に連絡を取りたいと言ってます」と。そのＦＡＸには読者の電話番号が書かれていたので私は早速、大阪に電話した。その人と話している内に、その人が私の20年来の読者で私の今の住所を知らせていないことを思い出した。この方を仮にＳＯとしておく。

２００６年の６月１日に北九州市に単身引越しをした時、末廣家親子が重大な局面を迎えており、この親子を何とか助けようと必死であった。大阪のＳＯだけでなく全国の読者に移転先を知らせる余裕がほとんど無かった。長話をしている内にＳＯが重病を患っているらしいことが分かった。しかし彼女はこの日、私に大阪へヒーリングに来てほしいとは一言も言わなかった。長話を終わって私は受話器を元へ戻した。すると居合わせたいざな実神が私に言った。

「その娘、私の御魂なの」と。その日我が家には、しなつひこの神を始め、当時のヒーリング・クインテットが居た。数音彦命、Dr・パレ、ブレナン博士、末廣武雄命の４神である。いざな実神は続けて言った。

「SOに奈良の講演会案内状を送ってほしい」と。

12月18日夕方、SOが奈良の講演会に参加すること、並びに7日にヒーリングすることが決まった。その電話のやりとりを聞いていたいざな実神とブレナン博士とが大阪に飛んだ。そこでブレナン博士がSOの脳下垂体に癌を発見した。一旦、ブレナン博士といざな実神は我が家に戻った。

「SOは年内、命が保たない。2月7日のヒーリングでは遅い」とブレナン博士はしなつひこの神に報告した。神々の協議の結果、

「12月18日夜から19日朝まで脳手術を行うこととし、しなつひこの神、数音彦命、Dr・パレ、ブレナン博士がこれからSOの家に行く」と決した。

すくなひこなの神が呼ばれた。手術をするにあたり、麻酔を投与するためである。手術が始まるとSOの魂が肉体から離れることになるので、その場に魂を留めるため、いざな実神が手術に立ち会って魂を預かる役になった。この他に倭姫がヒーリングの手伝いをすることになった。

一連の脳手術が終わって、再び神々が我が家に集合した19日夕方に、しなつひこの神が私に言った。

「ＳＯの脳手術はとりあえず終わったが、年を越せる程度のことであって、２月７日に本格的なヒーリングをする」と。

２月６日、奈良の講演会場に一人の農婦（としか見えない）の老女が入ってきた。ＳＯだった。私とはこの日が初対面である。聞くと、

「軽トラで大阪から来た」と言う。和歌山県の紀の川市に畑を借りていて、大阪の自宅と隣県の畑との間を軽トラで通っているとの話である。

講演会は予定時間いっぱい行ない、その後、私の誕生会となった。ＳＯはそのままホテルに留まり、誕生会に出席することになってしまった。この日にヒーリングができない理由をＳＯは知った。彼女は大阪に帰らず、そのままこのホテル泊となった。

７日の私のヒーリングを待たず、神界のヒーラーたちはＳＯのヒーリングを６日の夜から開始した。彼女のヒーリングの申し出には、

「平成元年５月に十二指腸潰瘍手術により、腹の正中線にメスが入った。そのため今でも体全体に力が入らず、病気がちです」とあった。

しかし、神々はもっと違う病状を多く発見していたのである。

7日午後1時から私はSOのヒーリングを開始した。ヒーリングをすると、「多臓器不全」と分かった。体半分棺桶に入っているようなもんだ。これでよく生きてるもんだと心の中で思った。実際、彼女はこの後、私が関西に行くたびに私のヒーリングを受け続けた。一ヶ所治ると、また次の場所に発症するという具合で、彼女はこの年、生と死との境に居た。このヒーリング状況を一、一書き出すと原校用紙が何枚になるか分からない。途中省略して、次の文章はSOのものである。

本日、9月19日は私の70才の誕生日です。神さまのお陰で今生70年生きることを許されました。神さまに心より感謝申し上げます。昨年（2012年）12月より沢山の御守護とお導きありがとうございます。神さまの愛と光にて勉強させていただきますこと、ありがたいことです。これも先生が本当に身近に神さまが居る（池田注、SOは神さまはずっと遠い世界に居ると思いこんでいた）ことを本にして世に出して下さったればこそです。ありがとうございます。最近、神さまがいるぞの本を紹介かたがた、ノートに書いたコピーを20～30人に送りましたら、素直に分かる人も何人かいるようで、すでに本を買って読んだ人もいるようで、ある人はアマゾンで大変評判の本だと言ってました。何はともあれ、一人一人が神さまにいただいた命であることを思い出して下さればよいなあと願っています。とりあえず本日はお礼まで。

平成25年9月19日に記す、Ｓ・Ｏ

人の命は神さまにいただいたものである、ということを気づかない人たちが多い中で、この人は病気、しかも死の寸前で神さまに助けられて人生の何かを悟った。この後、ＳＯは御家族の方々を次々に私のところへ連れてきてはヒーリングをさせていた。それは今も続けられている。

前著『神様といっしょ』の16頁に和歌山県田辺市にヒーリングに行った話を書いたのであるが、その患者はＳ・Ｏが紹介してきた人で、Ｓ社を紹介してきたのもＳ・Ｏであった。その他、大変多くの人々に私のことを伝えていたため２０１４年はずっと関西地区に行きっぱなしになったのである。

奈良から帰宅した後で『続・神様がいるぞ!』の出版案内を全国の読者に発送した。その内に兵庫県の芦屋市に住む御婦人がいた。その方からヒーリングの依頼が来た。患者は御自身ではなく娘さんの婿殿のことである。

芦屋の御婦人とは2008年9月20日の関西日本サイ科学会で初めて会った。その時、娘さんとお孫さんとを連れてきていた。お孫さんはその時、小学生でサイ科学会のテーマを聞いても何のことか分からないはずである。案の上、その子は母親に手を引かれて、途中退場した。

この日の講演テーマは「ヒーリング」で、『光のシャワー』が刷り上った日であった。

それから4年と5ヶ月が過ぎ去っていた。

「大変御無沙汰しております。あれから10年も経っているでしょうか。先生の御本読ませていただいております。ついては……」と電話の相手が言っている言葉を遮って私は言った。「10年前じゃないですよ。2008年の秋に大阪で会ったのが初めてだったでしょ」と。

科学技術畑で生きてきた私はどうも物事を厳密に考える「くせ」がある。御婦人の用件を聞いていると、どうも話に整合性がない。一通り話を聞き終わって受話器を元へ戻した。すると電話のやりとりを聞いていたいざな実の神が、

「この娘、私の魂なの。戦時中に生まれてますが、当時母親は栄養不足でした。そのため赤子は充分に発達せずに生まれてきたんです」と言った。

「つまり、言語障害、それと記憶装置に未発達の部分があるのですね」と私。その時、しなつひこの神がいざな実の神といっしょに我が家に居た。

「くによし、ワシらちょっと芦屋に行ってくる。しばし待て」としなつひこの神が言って神々が我が家から消えた。しばらくして神々は我が家に戻ってきた。

「くによし！　でかした。よく言語障害を見抜いたぞ」としなつひこの神が言った。

「第5層の人体設計図に異常は？」と私。

「ない。問題は無い。くによしのヒーリングパワーを借りるぞ」としなつひこの神。

翌日、私は御婦人に電話した。すると、

「私はもう年で、いつ逝ってもいいんです。ヒーリングの必要はありません。頼んでいるのは婿殿の動脈瘤のことなんです」と言った。その態度は頑なであった。自分のことより婿殿の命を気にしている。さらに、

「婿殿の守護神様を教えて下さい」と言う。そこで私はその人のフルネームでの名前と生年月日と住所、連絡先をＦＡＸしてくれるようにと言った。婿殿は神戸市に住んでいた。そ

のＦＡＸを早速、大国主命様に見せるとその方の守護神は「熊野奇霊命《くまのくしひのみこと》」であると分かった。この神名は電話ではむずかしいのでＦＡＸにして芦屋のマダムに送った。２０１３年４月８日だった。

四ノ四　熊野奇霊命《くまのくしひのみこと》

熊野奇霊命は天照皇大御神の第5男である。この神名は拙著『神様がいるぞ！』の51頁に書いた。関東では東京の江東区にある亀戸天神社の祭神である。関西では和歌山県の熊野本宮大社の祭神。その祭神は現地では「家津御子大神《けつみこのおおかみ》」と呼ばれている。家津御子大神とは天照皇大御神の息子という意味で熊野奇霊命の古代名である。

これは「にぎはや日命」が古代では「天津日子根命」と言っていたことと同じような話である。

熊野三山の内、熊野速玉大社の祭神は熊野速玉大神であるが、この神名はいざな気神の古代名である。又、熊野那智大社の祭神は「熊野夫須美《ふすみ》大神」であるが、これは経津零《ふつぬち》雷神の古代名。経津零雷神は天照皇大御神の分神で天孫ににぎの命の降臨時における同伴神である。

4月11日、熊野奇霊命の御魂分けの婿殿をヒーリングする日が決まった。4月22日、神戸の婿殿の家へ私が出向くことになった。しかし、神々の問題は主として芦屋の御婦人にあった。

一計を案じた。婿殿のヒーリングのついでに御婦人のヒーリングをすると私は提案した。するとようやく承諾の返事がきた。それと同時に御主人の守護神を教えて下さいと手紙が届いた。

春爛漫、阪神間の櫻花はほぼ満開です。素晴らしいご著書（池田注「続神様がいるぞ！」のこと）を拝読し、ありがとうございました。神社の存在、神々のおはたらき、つながり知れば人生豊かになります。未来に夢と希望をお与え下さり意識が変わりました。

感謝

ところで夫の守護神を教えて下さい。昭和六年生れです。

御婦人の手紙を拝読して直ちに大国主命に連絡した。すると「天照皇大御神の御魂、初めて人と化したのが今からおよそ3350年前、宮崎で生まれ、以来ずっと日本で輪廻転生を続けている」と答えをいただいた。

天照皇大御神の御魂分けの人間として第一期生だ。つまり天照系の人として最古参である。神武天皇が奈良に入った時、初めて天照皇大御神が神社に祭られた。天照皇大御神はその時、初めて地上に下り、同時に人を作り始めたのである。それ以前、天照皇大御神は「高《たか》御蔵《みくら》」に居た。

御婦人の夫の他に第一期生にはシルバー・バーチがいる。北米インディアンである。その芦屋の御婦人のことで倭姫が興味を示した。その御主人を見に、天照皇大御神と共に芦屋に飛んだ。しばらくして我が家に戻ってくると、倭姫命が大変興奮している。

「芦屋で何かあったの?」と私。

「兄だった!」と倭姫。母の兄はたくさん居たので私は文献を書斉に取りに行った。倭姫の家系図を探して、その頁を見せると、母は、

「大中津日子の命」と言う。第12代景行天皇のすぐ下の弟である。倭建の命からすると叔父にあたる。22日に神戸へヒーリングに行く時に是非お会いしたいと思った。

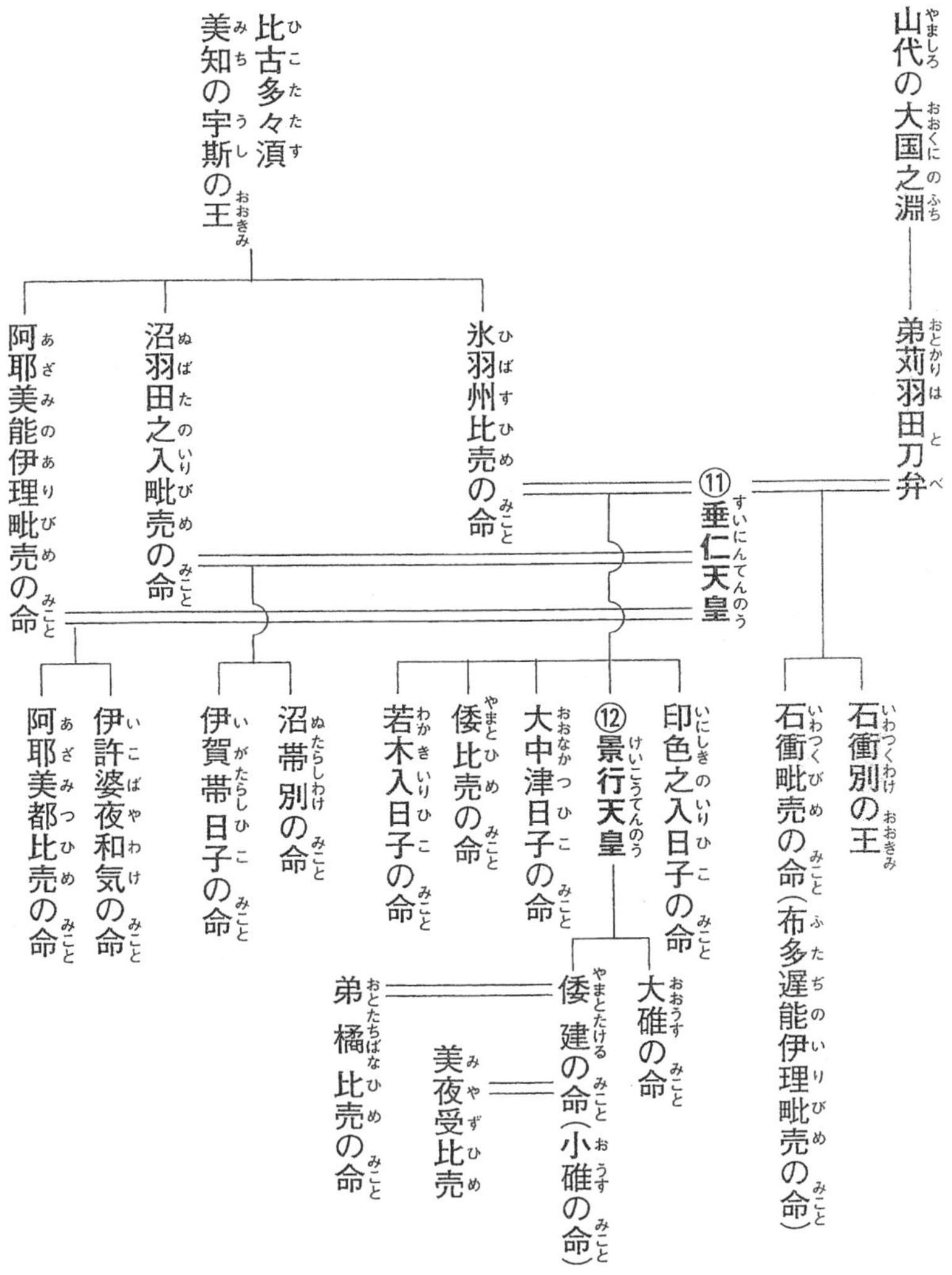

垂仁天皇から景行天皇までの系図　日本文芸社「古事記」177頁

２０１３年4月22日、午前5時、私と由美とは車で神戸に向かった。後部座席にしなつひこの神と倭姫命が座っている。２００９年の6月末にしなつひこの神が由美の頭部に生命維持装置を作ったのだが、長距離ドライブでこの装置がどのように働くかを見るため、しなつひこの神が同乗している。倭姫は私の護衛が目的である。

中国自動車道で広島県に入る手前のドライブインで小休止をした時、まだ午前8時になっていなかった。数音彦命とブレナン博士たちは朝から芦屋の御婦人の家に行っている。この方の思考回路がどのように働いているか、あるいは働いていない部分がどこかを詳細に知っておくためである。

兵庫県に入る手前でしなつひこの神が、

「次のサービス・エリアで車を停めろ」と私に言った。車を停めると、由美が車を下りて、建物の方に歩いた。すると、しなつひこの神が由美の行動をチェックし始めた。しばらくして、

「由美は長距離ドライブに耐えられるな」と言った。次に数音彦命が呼ばれた。芦屋の御婦人のヒーリング会議のためだった。最後のチェックだった。小休止の後、再び中国自動車道を走った。

神戸の目的地には午前10時半に到着。マンションの一室に入ると主人公（？）の婿殿は仕事に出ていて「ついでの患者」のはずの芦屋の御婦人がいた。ほんとうはこの人が主人公であることを娘さんは知らされていた。「知らせた」のは私だった。娘さんは自分の母親がどのような状況に置かれているかを理解していた。

ヒーリングは午前11時に開始。一通りのキレーションを終わって、私は問題の左脳にヒーリングパワーを充分に注いだ。患者を寝かせたまま、私は静かに別室に行った。後は神界のヒーラーたちに委せた。総監督はしなつひこの神。その指示に従ってブレナン博士と数音彦命が交代で左脳の神経回路を作り続けた。45分から50分位おきに神界のヒーラーが私を呼んだ。その度に私は患者の左脳にヒーリングパワーを注いだ。その間、ブレナン博士たちが小休止をしていた。

午後4時半頃、神が終了宣言を発せられた。この間、患者はずっと寝ていた。

「起きていいですよ」と私は患者に声をかけた。御婦人がゆっくりと上体を起こした。時計が午後5時少し前を示していた。

「アラ！　もうこんな時間なの？」とびっくりしている。茫然としていて「何が起きていたのか分からない」という様子である。

「主人の夕食を作らないと……」と言うが体が言うことを聞かない様子である。娘さんが父上に電話をし始めた。夕食の件である。

この日「大中津日子の命」はついにヒーリングの現場に現れることは無かった。

午後6時少しを過ぎて婿殿が仕事から帰ってきた。一日の仕事でヘトヘトの様子である。とりあえず居間の絨毯に寝かせて一通りのキレーションを行なった。婿殿は床に寝そべったまま、本当に眠ってしまった。その間にDrパレが脳の動脈瘤の手術を行なった。

私と由美とはこの日、一日の仕事を終ってマンションを後にした。行き先は宿泊を予約していたポートピアの高層ホテルである。

夕日が山々の向こう側に隠れようとしていた。チェック・インの手続きを済ませ、案内された高層階の部屋に入ると、神戸の夜景が眼下に飛び込んできた。ヒーリングを終った神界のヒーラーたちが次々に部屋に入ってきた。

「すばらしい夜景だわ」とブレナン博士が感嘆の声を上げた。

「神戸の夜景は初めてですか?」と私。

「はい」と博士。

「こんなすばらしい夜景は初めて見た」と数音彦命も言った。仕事、仕事の日々で、夜景をゆっくり楽しむ暇を持ったことが無かった男であった。一日の仕事を終わった天照皇大御神が部屋に入ってきた。さらに大国主命も、狭い部屋が神々でいっぱいになった。その時、神々がさらに上階のスイートルームに移動した。２０１３年5月11日に天之御中零雷神が来日した時、その部屋が天之御中零雷神の常宿となった。

それから2年後の２０１５年5月17日、大中津日子の命と大阪のホテルで出会った。「女房がものすごく頭が良くなって、記憶力もものすごく良くなってきた。オレより頭が良くなっちゃったんだ。それで今日はオレの頭をヒーリングでもっと良くしてくれ」と命様が言った。他ならぬ叔父上のたっての願いなので、ヒーリングすることにした。

年、84才になっていたが、大変お元気で頭も良く、ヒーリングの必要は無いと思えたが「つき合い」というものがあった。２０００年ぶりの出会いだったのだから。

四ノ五　神功皇后《じんぐうこうごう》

神功皇后は第14代仲哀《ちゅうあい》天皇の后で、第15代応神《おおじん》天皇の母上である。全国津々浦々に建てられている八幡社には神功皇后と応神天皇が祭られている。宇佐神宮はその本社で末社は三万を超える。

仲哀天皇は倭建の命《やまとたけるみこと》（私）の長男である。つまり倭建の命から見ると神功皇后は息子の嫁さんということになる。応神天皇は孫である。

全国の八幡社には神功皇后、応神天皇以外にも姫神三姫が祭られている。「姫神」とだけ書かれていて、どういう姫神か書かれていない。私、建築の技術屋、科学者のはしくれとして何でも曖昧さを嫌う。そこで八大龍王に、

「三姫とは誰か？」と聞いた。すると、

「宗像三姫のこと」と八大龍王が答えた。

「いったい何で宗像三姫が宇佐神宮に祭られているのか？」とまた私の質問が続く。

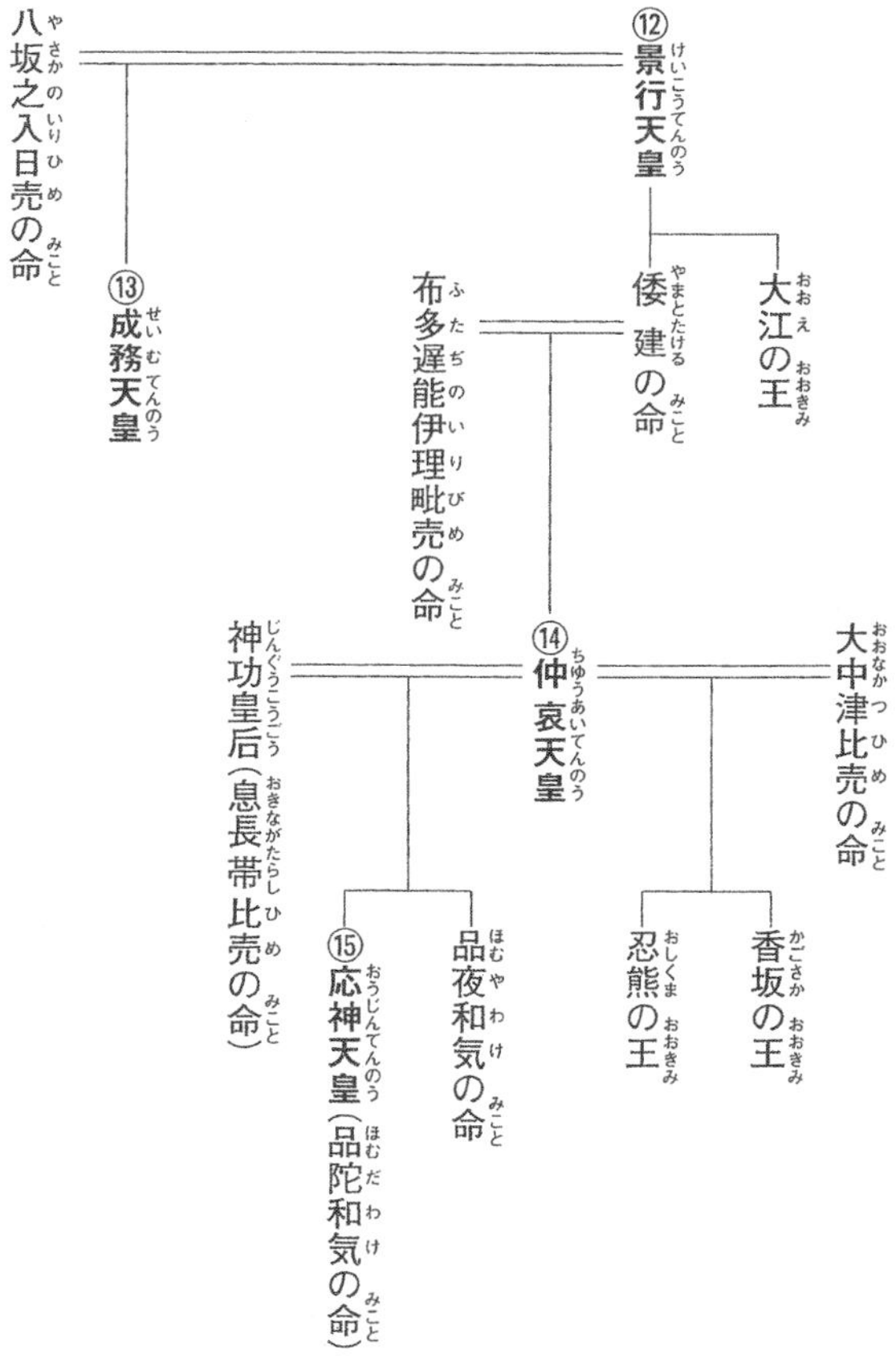

仲哀天皇をめぐる人物相関図　　日本文芸社「古事記」203頁

「神功皇后は宗像のたぎり姫の御魂分けである。神社に祭られた時はまだ輪廻転生中で神という存在にまで到達していなかった。そのため親神のたぎり姫が神功皇后の魂をバックアップすることになった。たぎつ姫といちき島姫も共に八幡社をバックアップするようになった」と八大龍王が言った。

「すると倭姫と事情が似てるね」と私。倭姫もたぎり姫の御魂分けなのである。つまり宗像のたぎり姫神は、時代ごとに、倭姫、神功皇后、管原道真という人たちを作り、その人たちが神社に祭られた後に次々に神と成っている。ところで応神天皇の魂は八大龍王である。

「その時、初めて天皇になった」と八大龍王が言った。

宇佐神宮（宇佐八幡宮）を「作れ」と言った龍は八大龍王である。

神功皇后が初めて我が家を訪れたのは２０１３年の夏のことだった。芦屋の御婦人の記憶障害を治した直後の頃である。その日、末廣武雄命が我が家に居た。武雄命はかつて仲哀天皇であったので、

「なつかしいですか?」と私はおやじさんに聞いた。末廣武雄は由美の父親なので我が家では「おやじさん」と私は呼ぶ。

「昔のことは忘れてしまった」とおやじさんが言った。1850年以上昔のことなので忘れていて不思議ではない。人間、肉体を失なって魂だけの存在になると出雲の大国主命の霊界に入る。そこで今生の浄化が行なわれる。次の人生で必要ないことは全部忘れてしまうのである。その「忘れる」ことを浄化という。

この年の7月27日（土曜日）に大阪で関西日本サイ科学会の研修会が開催された。この日、私が講師を勤めたのだが、これはこの年の初めに奈良講演会を企画したいざな気神の仕事の延長であった。いざな気神の指令ではこの日を境として前後に三日間のヒーリング受付日を設定することという条件が付いていた。27日当日、参加者の中に神功皇后の御魂分けの御婦人が一人いた。しかしその方はヒーリングの申し込みをしなかった。私が見るところでは、その方の命は危ないところにさしかかっていたのだが、こんな場合、ヒーラーの方からその方にヒーリングを受けるようにとは勧めないものである。あくまでも当人の自主的意志に従う。

「先生、助けて！」と電話してきたのは11月16日であった。講演の日から3ヶ月半が経過していた。この話の続きは前著の185頁、12月8日の件としてすでに書いた。そこに書いた西宮市の二人の姉妹の妹さんが神功皇后の御魂、お姉さんはいちき島姫神である。神功皇后の御魂の人のヒーリングはこの日が初めてとなった。二人とも今は大変元気で日々を過ごされている。神はヒーリングに入る半年も前からその準備をしておられたのである。

神功皇后の御魂の人の二人目のヒーリングは2014年の9月に北海道の札幌で行なった。患者は高齢の男性で癌を患っていた。ヒーリングの結果、癌は消えた。

その北海道にも八幡社がある。函館八幡宮である。そこにも神功皇后が居る。

三人目はこの年の11月16日に佐賀県で出会うことになった。その時御年73才、会社の社長さんであり、三人の子の母でもある。年が明けて2015年春に、私はその人が識字障害と記憶障害を持っていることを発見した。戦時中のこととあって生まれてきた時、未熟児であったに違いない。その時、私は2年前に神戸でヒーリングした芦屋の御婦人のことを思い出していた。6才年上のその社長に失礼ないよう気配りして「障害が何故起こってしまったのか」を丁寧に話した。

「母が亡くなった時、あなたよく大きくなったわねっと言ったその言葉の意味が、今ようやく分かりました。私、未熟児で生まれてきてたのですね」と彼女は言った。

２０１５年5月10日、脳の本格的なヒーリングの日であった。神界のヒーラーはしなつひこの神と美風志生包神（臼井先生）のペアであった。5時間を超えるヒーリングを覚悟していたが、何と！　2時間で終了した。2年間の歳月は神界のヒーラーたちに「ものすごい進化」をもたらしていたのである。

四人目の神功皇后の御魂の患者はその日に嬉野でヒーリングを行なった。女性社長の友人であった。神功皇后の御魂分け同士とあって長い間友人関係が続いている。

「道理で！」とお二人が会話していた。その日から2ヶ月ほど経って嬉野の社長さんからＦＡＸが来た。

「本を読むのが楽しくて楽しくて……」と書かれていた。

四ノ六　神界のヒーラー養成

毎年10月20日から31日まで全国の神々が出雲に集まる。そのため全国の神社から神々が居なくなる。それで10月を神無月《かんなづき》と言う。しかし出雲では神有月《かみありづき》という。

昨年、10月20日から始まった神々の会議では最重要会議として「ヒーリング」が議題となった。前代未聞の出来事であった。その時伊勢のしなつひこの神の下《もと》には10神の神界のヒーラーがチームを構成していた。そこに連日、他の神々が集まってきて人間のヒーリングを依頼していた。10神のヒーラーでは間に合わなくなっていたようである。

会議の結果「各神々の霊界、神界の中からヒーラー志願者を募る」ことが決まった。11月初頭、神々が自身の神社に戻ると、早速《さっそく》この事業が始まった。次に、志願者たちは伊勢に集められた。集まった面々は、元医師、元看護師、気功師、元ヒーラー、あるいは医学にはまったく関係していなかった人もいた。総数60人を越えていると数音彦命《かずおとひこのみこと》が言っていた。

伊勢でヒーラー志願者の教育が始まった。講師は何と数音彦命だと十茂風志医和之神《ともかざしいわのかみ》が私に伝えてきた。十茂風志医和之神とは明治政府の右大臣を勤めた岩倉具視先生の神名である。その御魂はしなつひこの神の分神である。数音彦命はノストラダムスの神名で私の分身。

岩倉先生の言葉にびっくりして、私は聞き返した。

「うそでしょ。志願者たちの教師はブレナン博士でしょ？」と。

「博士は今、重要な患者を抱《かか》えていて手が離せない。一ヶ月も教壇に立っていたら患者が死んじゃうよ」と岩倉先生。

「えっ、教育期間は一ヶ月も必要なの？」とびっくりして私は叫んだ。ノストラダムスは元医学博士で医学の歴史に登場しているほどの名医なので、ヒーラー志願者を教育していく先生としては適任なのかもしれないと思った。教育が始まると、岩倉先生がほぼ一週間ごとに我が家に来て、教室の様子を私に伝えてきた。その話によると、

「ヒーラー志願者が毎日のように一人、又一人と居なくなっている」という。どうやらノストラダムスのカリキュラムについていけないようだ。神界のヒーラーになるということはそれほど難しいことなのだろうかと私は思った。私の想いを察したらしい岩倉先生が言った。

「どうもヒーリング・センスの問題のようだ。元医者だったからと言っても近代医学とヒーリングでは次元が違う。ヒーリングエネルギーは霊力だからね～」と。つまり、霊力の使い

方が上手でない魂はヒーラーに向いてないということらしい。ここは生きている人間側でも同じことが言えそうである。顕在意識だけでヒーリングすることは困難で、魂が持っている力が重要かもしれない。

12月初頭に「修業式」の日がきた。その日修了証書を手渡す神は校長たるしなつひこの神である。しなつひこの神が広い教室に入ると、

「誰もきてない」と一言。

「全員落第ってこと?」と私。返事は無かった。神々が伊勢に集合した。その後で岩倉先生が我が家に来て、

「しなつひこヒーリングチームのそれぞれに志願者を付け、実践しながら教育してみる」という案が浮上しているという。

年が明けて2015年の春、私のヒーリングの現場にしなつひこヒーリングチームの一員以外に誰かが見学、あるいは手伝いをしている感じがしていた。神界のヒーラー志願者だろうと思えた。

例えばいざな気神の御魂の人をヒーリングする現場には多賀大社にお勤め中の魂が来てヒーリングをし、しなつひこヒーリングチームの一員が彼のヒーリングを指導するという形

が現れた。

かつて、ノストラダムスがしなつひこの神に弟子入りした時にはしなつひこの神がヒーリングを行う現場にノストラダムスが付いて行って実践的教育が行なわれていた。その一方でノストラダムスは医学書をかたっぱしから読破していた。今現在、かっての弟子たちが教師の立場になっている。神界のヒーラー養成チームに進化しているようだ。

その一方で人間側のヒーラー養成は遅々として進んでいない。養成以前の問題としてヒーリングがどのような事かが知られていないのが現状である。

今年6月1日から4日まで東京でヒーリングを受付けた。ヒーリングを申し込んできた人たちの中に天照系の御魂の患者さんが数人いた。その人たちを担当した神界のヒーラーは亀戸天神社にお勤めの方であった。聞くと医学の関係者ではなかった。つまりそれ以外の人生を送ってきた人だったのである。

7月12日に佐賀大和でヒーリングした時は天照系の御魂の方が二人いて、その二人のヒーリングをした神界のヒーラーは長崎でヒーリングの実践をしていた方であった。つまり生前もヒーリングをしていた女性である。

その佐賀に行く六日前、7月6日（月曜日）午後1時過ぎに天照皇大御神が我が家に来た。

自分の分身を三人連れてきたと言う。皆ヒーラーだと言う。
一人は亀戸天神社のヒーラー（男性）
もう一人は栃木県日光市にある二荒山神社にお勤め中のヒーラー（男性）
三人目は九州の長崎にお勤めのヒーラー（女性）
この日に連れてこなかったのだが、高知の女性ヒーラーと大阪の岸和田にもヒーラーがいるという。つまり天照皇大御神は五人のヒーラーを養成終ったという話であった。さらにヒーラーに養成中の魂も居るという。天照ヒーリングチームが出現してきた。
どうやら他の神々も自前のヒーラーを作りつつあるようである。
「そうすると私の仕事も楽になりそうですね」と神様に向かって呟《つぶや》いたら、
「そうはいかんぞ！」と神は言った。

あとがき

「アンチエイジング」とは若返りのことである。２０１４年の2月初めに京都でヒーリングをしていた時、ヒーリングを終った高年の女性が、

「ヘタなエステよりよっぽどいいわ〜」と若い女性の顔をマジマジと見ながら言った。その若い女性はその人の娘さんで職業はエステティシャンと後で知った。この御家族は宝塚市の高台にある高層マンションに住んでいる。

エステティシャンは客の体に直に触るがヒーラーは手翳しで仕事を行うので患者の体に直に触ることはない。

「先生はアンチエイジングしておられるのですね」とその高年の女性は言った。その時からヒーリングはアンチエイジングに効果があるのかもしれないと私は密かに思うようになった。

ヒーリングを受けた人は女性であれ、男性であれ、10才から20才位若返ったように見える。これは汚れていたオーラがピカピカにきれいになりその人が輝いて見えるからである。又、

チャクラが修繕され宇宙エネルギーが入りやすくなると、その人の生命エネルギーが活発になる。その結果、体の全細胞が生き生きとしてくる。それがアンチエイジングとなる。実際ヒーリングによって患部が治った患者は本当に若々しく、輝き、寿命が延びている。つまり老化現象が止まっているようだ。

これはすごい発見だった。

そこで、2015年5月31日の東京講演会でヒーリングはアンチエイジングに繋がると発表した。しかし、聞いている人たちの反応はまったく無かった。私の話が理解できてないなと思った。ところが、次の日以降にヒーリングを受けた人たちはほんとうに自分が若返っていることに気づいた。全身を映す大きな鏡がその部屋にあったからである。

バーバラ・アン・ブレナン博士が日本に初めて来て日立で講演会をした時、彼女の背は丸まって「お婆さん」のようだった。彼女が書いた本『光の手』のカバーには彼女の写真がある。その写真はブレナン博士の若かりし頃の顔である。2008年3月に東京で会った時には、「ものすごく若いファッションモデル」のように変化していた。ヒーリングをしている人、つまりヒーラーは他人のヒーリングをしている内に、自分も若々しくなっていくらしい。何とも不思議な現象である。ブレナン博士はアンチエイジングの話をしていなかったし、著書にもそのことに触れてはいない。博士はそのことに気づいていなかったかあるいは意識していなかったのかもしれない。ここまで書いてきたら、ブレナン博士が、

「気がつきませんでした」と言った。驚いた！

博士の初来日は1995年初頭、それから13年後に「お婆さん」が「バービー人形」のように大変身していたのである。その変化は「まったく信じられない光景」だった。私の目の前をさっそうと歩いていく姿はそれ以前の写真とはまるっきり違う姿だったのである。初来日時の姿については、

「書斎にこもってずっと本を書いてましたのであんな姿になってしまいました」と博士は言うのであるが、その後も出版し続けていたし、死の直前にも何か原稿書きをしていた。つまり「若返り」した原因と原稿書きの件はリンクしない。

他人のヒーリングを続けていた結果、アンチエイジングをしたと考えればその説明はできることになる。全身の細胞が生命エネルギーによって若返ったのである。

ヒーリングパワーとは生命エネルギーのことである。ヒーラーが手を翳した時に患者に注入されるヒーリングエネルギーは宇宙エネルギーを無限に体内に呼び込む。ヒーリングエネルギーは無限なのである。宇宙エネルギーが無限だから。

「神様がヒーラーの波動修正をして若返りさせたの？」とブレナン博士に質問した。

「違うわネ。ヒーリングの結果よネ、あなたが今書いている通りネ」と博士の答。

「やっぱりそうですか」

「そうすると、ヒーリングエステをすべきネ。女性はみんな美しくなれるワ」と博士。

池田邦吉

2015年7月26日記

参考文献

『セスは語る』『個人的現実の本質』ジェーン・ロバーツ著（ナチュラルスピリット社）
『パスワーク』エヴァ・ピエラコス著（ナチュラルスピリット社）
『死後の世界を知ると人生は深く癒される』マイケル・ニュートン著（ヴォイス社）
『神との対話』1〜3 ニール・ドナルド・ウォルシュ著（サンマーク出版）
『超巨大宇宙文明の真相』ミシェル・デマルケ著（徳間書店）
『シルバー・バーチの霊訓』近藤千雄訳（潮文社）
『神武太平記（上）（下）』荒深道斎（弘報社）
『古神道秘訣（上）（下）』荒深道斎（八幡書店）
『日本の神々の事典』（学研）『天皇の本』（学研）
『古事記』島崎晋（日本文芸社）
『光の手（上）（下）』『癒しの光（上）（下）』バーバラ・アン・ブレナン（河出書房新社）
『あしたの世界』シリーズ1〜4 池田邦吉（明窓出版）
『光のシャワー』池田邦吉（明窓出版）

『ノストラダムス』1～5　池田邦吉（明窓出版）
『オスカーマゴッチの宇宙船操縦記』1&2　オスカー・マゴッチ（明窓出版）
『iPS細胞とはなにか』朝日新聞大阪本社科学医療グループ（講談社）
『神功皇后の謎を解く』河村哲夫（原書房）

神々《かみがみ》の癒《い》やし

池田《いけだ》邦吉《くによし》

明窓出版

平成二七年十二月二五日初刷発行
平成二八年一月二十日第二刷発行

発行者 ―― 麻生 真澄
発行所 ―― 明窓出版株式会社
〒一六四―〇〇一二
東京都中野区本町六―二七―一三
電話 (〇三) 三三八〇―八三〇三
FAX (〇三) 三三八〇―六四二四
振替 〇〇一六〇―一―一九二七六六

印刷所 ―― 中央精版印刷株式会社

表紙題字 池田邦吉

ISBN978-4-89634-359-5
ホームページ http://meisou.com

◎ 著者紹介 ◎

池田邦吉（いけだ　くによし）

1947年2月6日、東京都生まれ。

'69年、東京工業大学建築学科卒業。

主要著書

「神さまがいるぞ！」

「続 神さまがいるぞ！」

「神さまといっしょ」

「光のシャワー」

「あしたの世界１、２、３、４」

「21 ノストラダムス　NO１、NO２、NO３、NO４、NO５」

(以上明窓出版)

神様といっしょ　～神々のヒーリング

池田邦吉著

癒しの光があなたを包み込んだ時 奇蹟は起こったのである。

[ハンドヒーリングと二十世紀末の話題にとどまらないノストラダムスとの意外な接点とは!？]

ノストラダムス預言で世に衝撃を与えた作家・池田邦吉氏の下には、日々多くの人々が集っている。理由はヒーリング施術を受けるためだ。本書を読むことで、日本におけるノストラダムス研究の一人者がなぜ今、ヒーリング活動を行い、そして医師を含む多くの人々が全国から訪れるのかがわかるだろう。

数々のエピソードに隠された、ヒーリングと神々の世界の実相を感じてみてください。

第一章 我が家のヒーラーたち／筋萎縮症の患者／和歌山のヒーリング・セミナー／ヒーリングの会場／神界のヒーラーたち／しなつひこの神の分身たち／九人目のヒーラー／新しいヒーラー
第二章 難病患者のヒーリング／筋肉を作る幹細胞／2014年5月17日／木の花咲くや姫／ALS患者のヒーリング／幽体離脱／守護神がいない患者／遺伝子治療　　1500円（税抜）

続　神様がいるぞ！

池田邦吉著

今回も、神様方との愉快な会話や神話雑学も満載で、読み応え充分。地球の創成からの神様の詳しい系図もあり、神社に祀られる神々同士の関係性もよく分かる。

「地球より優れた文明を持っている惑星がたくさんある。地球文明は最も遅れている文明である。優れた文明の惑星をコピーしておいてそこへ本物の宇宙船（地球人はＵＦＯという）を使って地球人の一人を運ぶことができる創造主がいる。目的はその地球人に新しい文明を学ばせることである。もちろんその惑星はバーチャル・リアリティの世界なのだが、運ばれた人にとってそれは虚像ではなく本物の環境としか思えない。同じような手法で、地球の深部に大きな空間があって地底人が住んでいる世界があると思わせるような事態も創り出せる創造主もいる。これは地球人をからかっているのかもしれない。

宇宙船はそれ自体、ある創造主が創っている。バイオ・テクノロジーによって培養された一種の生命体である。しかし感情を持っていない。生命体であるが、同時にそれ自体が巨大なコンピューターのような乗り物である。宇宙船はあらゆる次元変換ができるので、その中に入っている人間は宇宙船ごと次元変換できて、あらゆる銀河、惑星に行くことができる。その手法を使ってバーチャル・リアリティの世界にも入ることができる。それどころか、過去にも未来の世界にも行くことができる。

宇宙連盟の本部はザンシュウス星という惑星にあることを教えてくれたのは八大龍王であった」　（本文から）1500円（税抜）

あしたの世界 P 3～「洗心」アセンションに備えて

池田邦吉著

私が非常に影響を受けた関英男先生のことと、関先生に紹介され、時々は拙著内で記した宇宙学（コスモロジー）のポイントが、あますところなく記されています。すなおに読むと、非常に教えられることの多い本です。（船井幸雄）

第九章　宇宙意識／ニューヨークかダイモンか／預言書との出会い／1995年1月17日／幻　影／光のシャワー／想いは現実化する／宇宙エネルギー／螺旋の水流／水の惑星

第十章　超能力／共同超意識と生命超意識／虫の知らせ／超能力の開顕（一）／人間は退化している／超能力の開顕（二）／超能力の開顕（三）／Y氏　光の書／神様が作ってくれた不思議な水／湖畔に佇んで

第十一章　あしたの日本／新しい宇宙サイクル／天体運行の原動力／天体波動の調整／意識の数値化／真理は単純明快なり／自然調和への道／環境問題／姿勢高き者は処置される

第十二章　洗　心　その二／宇宙創造の目的／地球人の正しい自覚／現生人類の先祖／地球人類の起源／一なる根源者／元兇に抗する力／科学信仰者の未来／大愛の法則に相応の理　1238円（税抜）

あしたの世界 P 4～意識エネルギー編

池田邦吉著

洗心の教えというのは思想ではない。光の存在である創造主が人間いかに生きるべきかを教えているのである。その教えに「洗心すると病気にならない」という話がある。なぜ洗心と病気が関係するのか、私は長い間考えつづけていた。

第十三章　２００５年７月11日／生きるか死ぬか／内視鏡／遠隔ヒーリング／出来ないと思うな！／ヒーリング／交通事故の後遺症／カイロプラクティック／転院また転院／伝播するヒーリングパワー／輸血16時間／

第十四章　２００５年７月12日・13日／天使の見舞／私の前世／たくさんの前世／大部屋入り／ローマ帝国滅亡／医者の立場　／７月13日（水曜日）／隣人のヒーリング／美しい庭／二人目の見舞客（他）　1238円（税抜）

「YOUは」宇宙人に遭っています
スターマンとコンタクティの体験実録
アーディ・S・クラーク著　益子祐司訳

スターピープルとの遭遇。北米インディアンたちが初めて明かした知られざる驚異のコンタクト体験実録

「我々の祖先は宇宙から来た」太古からの伝承を受け継いできた北米インディアンたちは実は現在も地球外生命体との接触を続けていた。それはチャネリングや退行催眠などを介さない現実的な体験であり、これまで外部に漏らされることは一切なかった。

しかし同じ血をひく大学教授の女性と歳月を重ねて親交を深めていく中で彼らは徐々に堅い口を開き始めた。そこには彼らの想像すら遥かに超えた多種多様の天空人(スターピープル)たちの驚くべき実態が生々しく語られていた。

虚栄心も誇張も何一つ無いインディアンたちの素朴な言葉に触れた後で、読者はUFO現象や宇宙人について以前までとは全く異なった見方をせざるをえなくなるだろう。宇宙からやってきているのは我々の祖先たちだけではなかったのだ。


「これまで出されてきたこのジャンルの中で最高のもの」と本国で絶賛されたベストセラー・ノンフィクションをインディアンとも縁の深い日本で初公開！

1900円（税抜）

ことだまの科学

人生に役立つ言霊現象論　鈴木俊輔

帯津良一氏推薦の言葉「言霊とは霊性の発露。沈下著しい地球の場を救うのは、あなたとわたしの言霊ですよ！まず日本からきれいな言霊を放ちましょう！」

本書は、望むとおりの人生にするための実践書であり、言霊に隠された秘密を解き明かす解説書です。
言霊五十音は神名であり、美しい言霊をつかうと神様が応援してくれます。

第一章　言霊が現象をつくる／言霊から量子が飛び出す／宇宙から誕生した言霊／言霊がつくる幸せの原理／日本人の自律へ／言霊が神聖ＤＮＡをスイッチオンさせる　第二章　子供たちに／プラス思考の言霊　第三章　もてる生き方の言霊／笑顔が一番／話上手は聴き上手／ほめる、ほめられる、そしていのちの輪／もてる男と、もてる女　第四章　心がリフレッシュする言霊／気分転換のうまい人／ゆっくり、ゆらゆら、ゆるんで、ゆるす／切り札をもとう　第五章　生きがいの見つけ方と言霊／神性自己の発見／　神唯《かんながら》で暮らそう／生きがいの素材はごろごろ／誰でもが選ばれた宇宙御子　第六章　病とおさらばの言霊／細胞さん　ありがとう／「あのよお！」はこっそりと　第七章　言霊がはこぶもっと素晴しい人生／ＩＱからＥＱ、そしてＳＱへ／大宇宙から自己細胞、原子まで一本串の真理／夫婦円満の秘訣第八章　言霊五十音は神名ですかんながらあわの成立／子音三十二神の成立／主基田と悠基田の神々／知から理へ、そして観へ

1429円（税抜）

ひでぼー天使の詩 （絵本）

文・橋本理加／絵・葉　祥明

北海道にいたひでぼーは、重度の障害をもって生まれました。耳が聴こえなくて、声が出せなくて、歩けなくて、口から食べることもできませんでした。お母さんはひでぼーが生まれてからの約９年間、１時間以上のまとまった睡眠をとったことがないというほど不眠不休、まさしく命懸けの子育てでした。そんなひでぼーがある時から心の中で詩をつくり、その詩をひでぼーのお母さんが心で受けとめるようになりました……。

「麻」
みんな知ってる？　「麻」
今まで僕たち人間は、間違った資源をたくさん使ってきた。
地球の女神さんが痛いよ～って泣いてるよ。
もうこれ以上、私をいじめないでって悲鳴をあげてるよ。
石油は血液、森は肺、鉱物は心臓なんだよ。わかってくれる？
すべては、女神さんを生かすためのエネルギーだったんだよ。
神様は、僕たち人間が地上の物だけで生きていけるように、
たくさんの物を用意してくれたの。
人類共通の資源、それは麻なの。
石油の代わりに、麻でなんでも作れるんだよ。（中略）
これからは、地球の女神さんにごめんなさいって謝って、
ありがとうって感謝して生きようね。
頭を切り替えて優しい気持ちになろうね。
もう残された時間はないのだから。

1300円（税抜）